안락한 삶

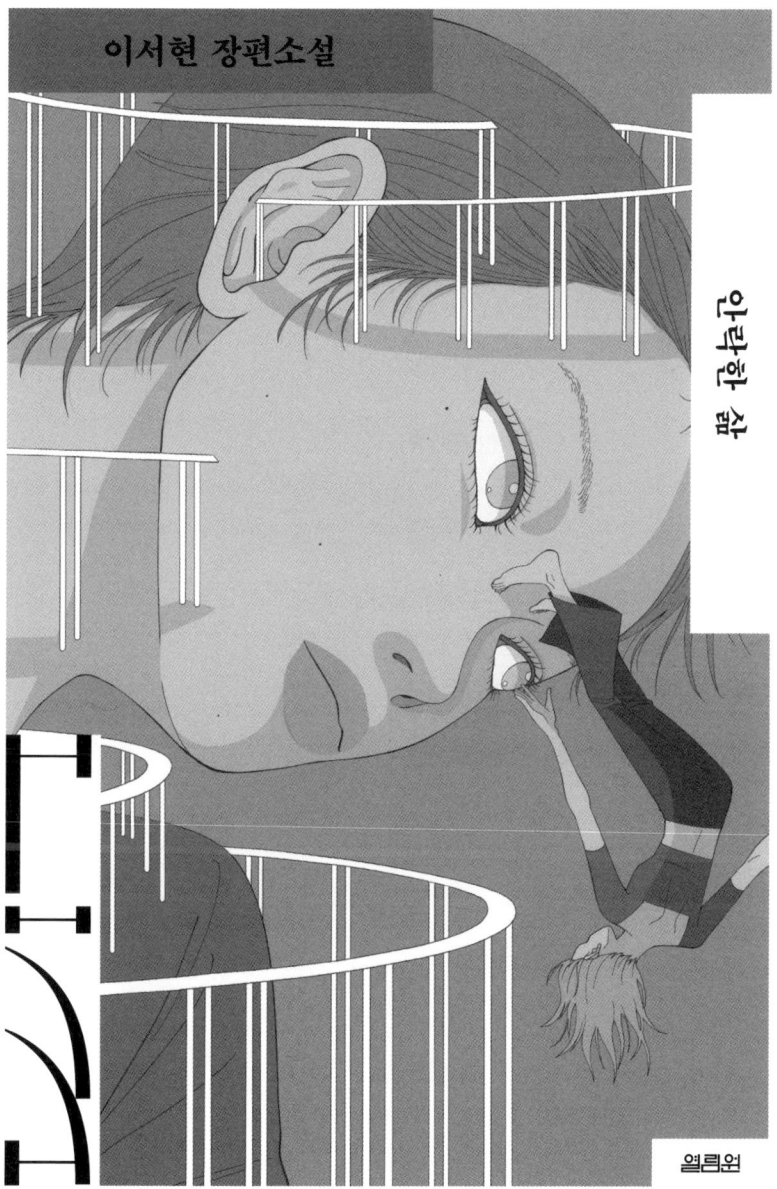

차례

서프라이즈 *7*

―

13번의 테스트 *22*

―

7퍼센트의 확률 *32*

―

집 *48*

―

고영원 *62*

―

언니 *89*

―

스틸 라이프 *97*

―

하고 싶은 일 *110*

―

적 *122*

―

보험 *148*

―

동거 *157*

소문 *183*

결정 *197*

케이크 *219*

확인 *232*

낙원 *243*

동의 *263*

안녕 *276*

그 후 *288*

*

추천의 말 | 미래가 꿈꾸던 영원, 영원이 바라던 미래 *301*
우숙영(인공지능 미디어아티스트, 작가)

작가의 말 *309*

서프라이즈

생일이 되면 제사를 지낸다.

"좋은 날 망치는 고약한 버릇은 결국 못 고치고 가네."

아침엔 미역국을 먹고, 저녁엔 케이크를 제사상에 올린다. 제사상이라고 해 봐야 단출하다. 생일 케이크, 엄마가 좋아했던 하와이안피자, 아빠가 좋아했던 흑맥주를 올리는 게 전부다.

"1년에 기념일은 하루면 충분해."

미래는 부모님이 돌아가신 날을 기념일이라 부르는 게 패륜처럼 느껴지기도 했지만, 두 분 모두 원하는 날, 원하는 모습으로 함께 떠났으니 딱히 나쁜 것만은 아니었다. 무엇보다 두 사람이 원했던 일이다. 슬프지 않은 건 아니었다. 하지만 사람이라면 누구나 죽음의 순간을 맞이할 수밖에 없고, 그 당연한 진리처럼 슬픔 역시 옅어지기 마련이다.

- 안락사 허가 가능성은?
- 90퍼센트로 추정됩니다.

5년 전, 안락사법이 제정되고 안락사 AI 프로그램 '스틸 라이프'가 도입되었다. 안락사법이 악용될 수 있다는 우려에 대한 최소한의 방지책이었다. 국가에서 지정한 다섯 곳의 병원 중 세 곳에서 진단서를 받아야 했고, 나이, 성별 같은 기본 정보부터 가족 관계 증명서, 소득·재산 신고서까지 넣어야 했다. 스틸 라이프는 이를 토대로 안락사 허가 가능성을 도출했다. 스틸 라이프에서 80퍼센트가 넘는 확률을 받은 이에게만 안락사가 허가되었다. 자료 간 신뢰도가 낮아지거나 신청자의 진술 변동 폭이 클수록 안락사 허가 확률은 기하급수적으로 낮아졌다. 테스트는 객관적 자료에 근거했고 감정은 철저히 배제되었다. 윤리적 문제를 해결하는 것이 아니라 윤리적 문제 자체를 없앤 방안이었다. 안락사법에 찬성하는 주장이든 반대하는 주장이든 합당한 근거가 존재했고, 누구도 상대의 주장을 완전히 무너뜨리지는 못했다. 계속되는 논쟁 끝에 결국 국민투표가 시행되었다. 팽팽한 논쟁이 무색하게도 시대의 흐름을 막을 수 없다는 이유로 65.7퍼센트의 사람들이 찬성에 표를 던졌다. 이후 무분별한 안락사를 막기 위한 장치로 AI 판단 시스템이 도입되자 반대했던 34.3퍼센트의 사람들도 이내 결과를 받아들였다. 법이 시행되자 놀랍도록 사람들의 관심은 사라졌다. 더는 방법이 없다면 스틸 라이프에 물어보라는 말을 아무렇지 않게 할 수 있을 정도로.

  미래 역시 부모님이 그런 결정을 내리기 전까진 안락사에 별다른 관심이 없었다. 찬성 쪽도 반대쪽도 아니었다. 아픔을 끝낼 방법이 없다면 고통 없이 죽는 편이 낫지 않을까, 정도의 안일한 의견을 가졌을 뿐이다. 엄마가 스틸 라이프에 대한 이야기를 꺼냈을 때도 스몰 토크 주제에 불과하다고 여겼다. 언젠가 죽음의 순간을 맞게 된다면 편하게 죽고 싶다는 흔하디흔한 그런 이야기.

  생일 한 달 전이었다.

특별히 축하할 일이 없는 평범한 하루였지만, 엄마는 J호텔 디너를 예약해 두었다고 했다. 엄마는 서프라이즈를 좋아하는 사람이었다. 생일이나 기념일은 시시하게 느껴질 정도로 이벤트를 자주 벌였다. 크리스마스가 아닌데도 머리맡에 선물을 놓아두거나 하굣길에 풍선을 두 손 가득 들고 서 있기도 했다. 심지어 엘리베이터부터 방문 앞까지 레드카펫을 깔아 놓는 어이없는 이벤트를 벌이기도 했다. 딸과 남편, 누구도 서운하지 않게 하겠다는 듯 공평하게 이벤트를 벌였고, 아빠는 그런 엄마를 말리지 않았다. 언제나 가장 행복한 표정을 짓는 건 엄마였으니까. 미래는 그날 역시 그렇고 그런 날 중의 하루일 뿐이라 여겼다.

인생 첫 직장에서 야근으로 고통받는 딸을 위로하기 위한 이벤트일 뿐이라고.

지금 와 돌이켜 보면 식사 내내 애틋하던 눈빛하며, 꼭 잡은 두 사람의 손이 비극을 말하고 있었는데, 어떻게 눈치를 못 챈 건지 의아하기까지 하다. 식사가 끝날 무렵 J호텔 레스토랑에서 가장 유명한 딸기케이크가 나왔다. 모양이 망가지는 게 아까워 망설이고 있을 때, 엄마는 하나 더 주문해 두었으니 마음껏 퍼먹으라고 했다. 미래는 스트레스를 받을 때마다 홀케이크를 퍼먹는 버릇이 있었고, 그렇게 한 판을 먹고 나면 까짓것 다 별일 아니라는 생각이 들곤 했다. 케이크 한 판도 혼자 다 먹는데 뭔들 못하겠냐고.

이제껏 받았던 이벤트 중 최고였다고 말하려는 순간, 엄마가 준비했던 말을 꺼냈다. 그렇게 최고의 이벤트는 최악의 이벤트가 되었다.

소꿉친구로 만나 20세가 될 때까지 친구로 지내다 10년이라는 기간 동안 연애를 하고 30년 가까이 결혼 생활을 한 두 사람이 전염병이 아닌 각기 다른 불치병에 걸릴 확률은 얼마나 될까. 그 사실을 같은 집에 사는 딸이 1년 넘게 모르고 있었을 확률은 또 얼마나 될까.

엄마는 서서히 몸이 굳어 가고 있다고 했고, 아빠는 서서히 기억이 사라지고 있다고 했다. 두 사람은 그렇게 육체와 정신을 공평하게 나누어 자신을 잃어 가고 있었다. 끝내 서로를 잃기 전에 함께 죽음을 맞이하고 싶다고 했다.

스틸 라이프가 두 사람에게 건넨 안락사 허가 확률은 무려 90퍼센트였다.

그마저 공평하게 나왔다.

도무지 믿기지 않는 이야기였다. 재미없는 장난이었다고

말해 주길 기다렸지만 두 사람은 슬픈 눈으로 미래의 반응만 살피고 있었다. 미래는 끝내 적당한 말을 떠올리지 못했다. 그래서 신경질적으로 툭 내뱉었다.

"내 동의가 필요한 거야?"

"사랑이 필요한 거야."

사랑이라니.

동의도 이해도 아니고 사랑이라니. 차라리 용서라고 말했다면 그 자리에서 펑펑 울어 버렸을 텐데, 순간 화가 나 눈물조차 나지 않았다. 그렇게 미래는 꼭 잡은 두 사람의 손만 바라보다가 자리를 박차고 나왔다. 미래는 오랫동안 그 순간을 후회했다. 끝내 외면하고 말았던, 뒤에서 들려오던 두 사람의 애타는 부름을.

미래는 그길로 일주일 동안 집에 들어가지 않았다. 정규직 전환을 앞두고 있던 회사에도 나가지 않았다. 유일한 친구였던 지윤의 집에서 잠만 잤다. 배터리가 나갈 때까지 쉴 새 없이 울리는 전화를 무시했다. 믿을 수 없어서 화가 났고, 부모님을 잃는다는 생각에 눈물만 났다. 하지만 바꿀 수 있는 일이 아니었다. 죽음을 결정할 수는 있어도, 삶을 되돌릴 수는 없었으니까. 안락사 허가 확률 90퍼센트가 나왔다는 건 이미 시도해 볼 수 있는 일은 다 했다는 말과 다름없었다. 다른 병원을 찾는 것도, 치료를 받는 것도 무의미했다. 그 사실을 받아들이는 데 꼬박 일주일이 걸렸다. 마침내 집으로 돌아갔을 때, 부모님은 안락사 시행 날짜를 정하고 있었다.

"네가 원하는 날에 할게."

"6월 23일."

그 한마디에 두 사람은 딸의 생일에 죽음을 맞이하게 됐다. 그렇게 기이한 운명을 완성해 버렸다.

왜 하필 그날을 골랐냐고 묻는다면, 솔직하게 대답할 수 없었다. 미래가 태어난 날이니까 살아 보겠다고 할 줄 알았다고, 그렇게 믿었다고 말할 수는 없었다. 투정을 부린 거였는데, 그저 내 인생에서 기념일은 1년에 하루면 충분하다고.

반대할 줄 알았지만 두 사람은 선뜻 받아들였다. 그게 네 뜻이라면, 적어도 그날만큼은 네 뜻대로 해 주겠다고. 대신 그때까지 함께 지내자고. 그렇게 세 사람은 마지막 순간이 오기 전, 3주 내내 24시간을 함께했다.

"청승 떨고 있을 줄 알았다."

고개를 들자 지윤이 서 있었다. 뛰어왔는지 셔츠가 땀에 젖어 있었고 손에는 커다란 백화점 종이봉투가 들려 있었다.

"놀라지도 않네?"

"내가 문을 열어 놨었나?"

"비밀번호 꾹꾹 눌렀고, 문도 쾅 닫았는데 전혀 눈치를 못 채시더라고요. 누가 보면 아파트가 아니라 성에 사시는 줄 알겠어요."

"1년에 하루 정도는 조롱을 멈추시면 안 되는 건가요?"

"1년에 하루라도 걱정을 안 시키면 안 되는 겁니까? 도둑이라도 들면 어떡하려고 그래."

"훔쳐 갈 것도 없어."

"네 정신머리는 이미 훔쳐 간 것 같은데?"

지윤은 타박하면서도 봉투 안에서 수박을 꺼냈다. 고급스러운 통 안에 가지런히 잘라 넣은 수박이었다.

지윤은 뚜껑을 연 통을 제사상 위에 올려 둔 후에야 미래의 옆에 앉았다.

"백화점 마감 시간 아슬아슬하게 맞췄다."

"마감 시간 맞춰서 기껏 사 온 게 수박이야?"

"수박 제일 좋아하셨어. 가족이라서 마음껏 먹을 수 있는 과일이라고."

"그런 건 보통 큰 거 한 통 사 올 때 하는 말 아니야?"

"엄마 아빠도 예쁘고 편한 거 좋아해."

"누가 보면 너희 부모님인 줄 알겠다."

"그랬다면 내 인생도 조금 편했을 텐데."

지윤은 할머니 손에 컸다. 부모님 두 분 모두 살아 계셨지만, 각기 다른 가정을 꾸리고 있는 터라 남처럼 지내고 있었다. 그래서일까. 미래의 부모님이 죽었을 땐 미래보다 더 서럽게 울었다. 장례식장 직원은 물론 취재를 나온 기자까지 지윤을 딸로 오해할 만큼.

그땐 이미 안락사법이 시행된 지 2년이 지난 후였지만 부부가 함께 안락사를 시행한 건 처음이었다. 두 사람이 평생에 가까운 시간을 함께했다는 걸 어디서 들은 건지, 다큐멘터리 피디도 기자도 눈에 불을 켜고 달려들었다. 취재란 취재는 전부 거절했는데도 거절이라는 의미를 모르는 사람들처럼, 병원은 물론 장례식장까지 무작정 찾아왔다. 미래는 그들과 실랑이를 벌일 정신도 없었다. 그렇게 두 사람의 죽음은 여전히 인터넷에 떠돌고 있었다. 죽음까지 함께한 세기의 사랑이라나 뭐라나. 두 사람 사이에 기어이 혼자 남겨진 아이가 있다는 건 중요하지 않다는 듯 사람들은 운명을 들먹였다. 그래서였다. 굳이 제사를 지내기로 한 건. 두 사람이 원치 않았고 더는 제사 따위 지내는 시대가 아니었지만, 기어코 그날을 기리고 마는 건 미래 나름의 복수였다.

 미래는 맥주와 하와이안피자, 수박까지 전부 먹었다. 케이크에는 손도 대지 않았다. 그날 이후 케이크를 퍼먹기는커녕 쳐다보고 싶지도 않았다. 그런데도 굳이 케이크를 샀다. 심술이라도 부리지 않으면 견딜 수 없는 날이었으니까. 지윤은 제사상에 덩그러니 남은 케이크를 물끄러미 보다가 미래 대신 케이크를 다시 상자에 넣었다.

 상을 치우려는데 지윤이 가방에서 선물을 꺼냈다. 포장을 풀자 모래시계가 나왔다. 모래 대신 비눗방울이 내려오는 시계였다.

 "뭐냐. 이 쓸데없는 건."

 "뭐긴 뭐야. 허송세월 좀 그만 보내라는 얘기지. 점심시간에 카페에서 나오다가 플리마켓 열렸길래 구경했거든. 난 네가 만들어 파는 줄 알았다. 혼자 의미 없는 거품이나 내리고 있는 걸 보니 딱 너야."

 "오늘 재판 졌어? 어째 더 심술궂다?"

"3년이면 벗어날 때도 됐어. 이제 그만해도 돼."

"……."

허송세월은 무슨, 미래는 잘 살고 있다고 주장하고 싶었다. 매일 밥도 잘 챙겨 먹고, 출근도 하고, 가끔은 테니스까지 치고 있다고. 여기서 얼마나 더 열심히 살아야 하느냐고 되묻고 싶었다. 하지만 그럴 수 없었다. 아직도 눈을 뜨면 엄마가 서프라이즈! 외치며 나타날 것 같았고, 퇴근해서 문을 열면 엄마는 정말이지 못 말린다며 아빠가 미안함과 웃음이 뒤섞인 표정으로 서 있을 것 같았다. 말도 안 되는 일이라는 걸 알면서도, 그 말도 안 되는 걸 바라는 게 인생이었다.

괜히 머쓱해진 미래는 모래시계, 아니 비눗방울 시계를 거꾸로 뒤집었다. 비눗물이 한 방울씩 떨어지며, 투명한 시계 안을 비눗방울로 가득 채웠다.

"허송세월 보낼 것만 더 보태 준 것 같은데?"

"회사 그만둬. 너 거기서 일하는 거 나 진짜 마음에 안 들어."

"남들은 못 들어와서 안달이야. 그만 부러워해. 사람들이 질투하는 줄 알아."

"남들이 못 들어가서 안달 난 회사 거기밖에 없는 거 아니야."

오늘 지윤은 작정하고 온 모양이었다. 쉽게 끝내지 않을 듯한 모습에 미래는 재빨리 자리에서 일어났다.

"너무 많이 먹었나. 혈당 스파이크 온다. 산책이나 좀 하다 와야겠어. 알지? 난 여러모로 유전적으로 위험한 애야."

"너, 그러고 있는 것도 일종의 회피야."

미래는 현관으로 가려다 말고 지윤을 뒤돌아보았다.

"엄마 아빠는 챙기면서, 나한테 생일 축하한다는 말 한마디를 안 하냐. 내 친구 맞아?"

지윤은 한숨을 내쉰 뒤 말했다.

"생일 축하해."

"고맙다. 치우지 말고 가. 자고 가고 싶으면 내 방에서 자고."

"한미래!"

지윤이 답답하다는 듯 이름을 불렀지만 미래는 얼른 집을 나왔다.

장례식을 치른 뒤 6개월 동안 집 밖으로 한 발짝도 나오지 않았었다. 배가 고프면 배달을 시켰고, 답답할 때면 베란다 문을 활짝 열고 서 있었다. 살아 있는 것 말고는 아무것도 하지 않았다. 두 사람의 공간을 정리하지도, 옷가지를 태우지도 않았다. 차마 정리할 용기가 나지 않았다. 침대 위에는 깨끗한 이불이 펼쳐져 있고, 쓰던 물건들이 자리마다 가지런히 놓여 있는 그 방을 비울 수가 없었다. 죽은 사람은 죽은 사람일 뿐이고, 당연히 영혼이 찾아올 일도 없으니 제사를 지낼 필요도 없다면, 굳이 죽은 사람의 물건을 정리할 필요도 없는 것 아닌가. 설령 영혼이 있다 해도 남겨 둔 물건 때문에 저승에 못 가는 일도 없을 거다. 두 사람이 원하는 대로 함께 가고 있을 테니까. 어차피 두 사람에겐 두 사람뿐 아니었나. 미래는 그렇게 애써 심술궂은 마음을 앞세워 슬픔을 감췄다.

　미래가 다시 집 밖으로 나왔을 때, 지윤은 한껏 기뻐했다.

　스틸 라이프에 면접을 보러 간다고 말하기 전까진.

　AI 분석 프로그래머를 모집한다는 공고를 본 건 우연이 아니었다. 미래는 부모님이 돌아가신 후 매일 스틸 라이프 홈페이지에 들어갔다. 원하는 것도 분한 것도 없었다. 그냥 보고 또 봤다. 가끔은 AI 채팅 프로그램에 말을 걸기도 했지만, 안락사에 관한 주제가 아니면 제대로 된 대화가 안 되는 터라 곧 관두었다. 주로 문의 게시판을 살폈다. 비밀 게시판임에도 간혹 전체 공개로 올라오는 글이 있었다. 대부분은 항의 글이었다.

　감정 따위 존재하지 않는 AI가 뭘 알겠냐고.

사람의 죽음은 이성만으로 판단할 수 없는 거라고.

그들의 의견에 찬성하는 것만은 아니었다. 동의하는 동시에 동의하지 못했다. 솔직히 말하면 어떻게 생각해야 할지 가늠이 되지 않았다. 엄마 아빠는 스틸 라이프의 판단에 한 치의 의심도 하지 않았다. 어떻게, 왜? 알고 싶었다. 정확히 무엇을 알고 싶은 건지도 모른 채 알고 싶었다. 그게 무엇이든 그 속에서 일하다 보면 알 수도 있지 않을까.

면접을 본 지 3일 만에 합격 통보를 받고 일하기 시작했지만, 궁금증은 해소되지 않았다. 윤리적인 문제든 감정적인 문제든 미래가 해결할 수 있는 것도, 알 수 있는 것도 아니었다. 프로그램이 문제없이 돌아가도록 점검하고 업그레이드하고, 오류가 발생하면 또 다른 AI 프로그램의 도움을 받아 해결하고 또 해결하는 것. 그렇게 미래에게 죽음은 해결해야만 하는 일이 되어 버렸다.

엄마는 운명론자였다.

일어날 일은 어떻게든 일어나기 마련이라서 피할 수 없는 법이라고. 그래서 인생엔 서프라이즈가 필요하다고 했다. 어떤 일이 벌어지건 절대 놀라지 않을 거라고. 언제든 준비가 되어 있다고.

지금의 미래는 다음이 궁금할 뿐이었다.
무엇에도 놀라지 않게 된다면, 그땐 어떻게 될까.

13번의 테스트

영원은 숨을 헐떡였다.

뛰기는커녕 보통의 걸음걸이보다도 천천히 걸었지만 전속력 달리기라도 한 것처럼 심장이 빠르게 뛰었다. 턱끝까지 숨이 차오르는데도 땀은 한 방울도 나지 않아, 땀구멍까지 제 기능을 잃어버린 건 아닌지 의문이 들었다.

반대로 해 보면 어떨까.

미친 듯이 빠르게 뛰면 오히려 나른해질까. 몸 상태가 전혀 예측할 수 없는 방향으로 나타난다고 하니, 그럴 가능성도 있지 않을까. 조금씩 호흡이 돌아오자 역시나 멍청한 상상이었다는 생각에 영원은 헛웃음이 나왔다. 언제 죽을지 모를 마당에 멍청한 상상 좀 한다고 나쁠 건 없지만.

고개를 들어 2층 건물을 바라보자 '백도현 변호사 사무실'이라는 간판이 보였다.

33번째 시도였다.

사는 것만큼이나 죽는 것도 쉽지 않았다. 많은 사람들이 일단 기다려 보라고 했다. 당장은 방법이 없지만 시간이 지나면 치료제가 나올 수도 있고, 어른이 될 수도 있지 않겠냐고. 그러니 흘러가는 대로 두자고. 영원은 그 말이 우스웠다. 그런 건 가진 게 많은 자들이나 할 수 있는 말이었다. 시간도, 여유도, 돈도, 그리고 희망도. 흘러가는 모든 순간이 고통으로 점철되어 있을 때, 그래도 기다릴 수 있는 사람이 얼마나 될까. 회복 불능 상태에 놓인 다른 사람들처럼 영원 역시 같은 것을 바랄 뿐이었다. 실낱같은 희망의 끈을 놓아 버리고 편안해지는 것.

영원은 계단을 올랐다.

반 정도 올라가자 살짝 몽롱해졌지만 이내 다시 돌아왔다. 정신이 몽롱해질 때마다 시간이 쑥— 늘어나는 기분이었다. 1초가 1분으로 쑥— 늘어났다가 다시 당겨지는 느낌. 덕분에 늘 아찔했다.

2층에 다다른 영원은 시계를 확인했다.

고작 계단 14칸을 올라오는 데 4분이 걸렸다. 무언가를 할 때마다 시간을 확인하는 건 얼마 전부터 새로 생긴 습관이었다. 걷기, 씻기, 식사하기 등 일상적인 행동을 하는 데 점점 더 오랜 시간이 걸리기 시작했다. 초조했다. 남은 시간을 빼앗기고 있는 것 같았다.

영원은 다시금 심호흡했다.

당당하자. 당당해야 한다. 모든 건 기세다. 마지막 기회라 생각하고 남은 기세를 전부 쏟아부어 버리자.

그렇게 영원은 문을 열자마자 대뜸 소리쳤다.

"여기가 제 마지막 희망이에요. 거절하면 진짜 확 죽어 버릴 거예요!"

눈을 질끈 감았던 영원은 조심스레 한쪽 눈을 떴다. 정면에 책상이, 그리고 그 앞에 선 두 사람이 보였다. 두 사람은 멀뚱히 영원을 쳐다봤다.

"어떻게 오셨어요?"

빳빳하게 다려진 흰 셔츠를 입은 남자가 먼저 입을 열었다.

"백도현 변호사님 찾아왔는데요······."

영원은 말끝을 흐렸다.

"학생이 저는 무슨 일로 찾아온 거예요?"

남자가 다정한 말투로 되물었다. 둘 중 나이가 더 지긋해 보이는 남자가 변호사일 거라고 예상했는데, 30대 정도로 보이는 그가 백도현인 모양이었다.

"의뢰할 게 있어서요."

영원은 교복을 입고 오는 게 아니었다고 후회했.

어려 보여서 좋을 건 하나도 없었다. 나이를 끝까지 숨길 수 있는 것도 아니었지만, 이야기를 들어 보지도 않고 나가라고 할까 봐 걱정되었다. 예상과 달리 도현은 옆의 사무실을 가리켰다. 넓은 창으로 또 하나의 방이 보였다.

"들어가서 얘기하죠."

일단은 안심이었다.

다시 심장이 빠르게 뛰기 시작했다. 병증인지, 걱정과 기대가 섞여 밀려오는 건지 알 수 없었다. 평소에 예감 따윈 믿지 않는 편이지만 이번에는 직감할 수 있었다. 이 변호사야말로 의뢰를 받아 줄 것 같았다.

사무실에선 좋은 냄새가 났다. 그럼에도 영원은 자신의 후각을 확신할 수 없었다. 향기가 악취로 느껴지기도 했고,

코를 찌르는 구린내가 난다는데 영원은 아무것도 맡지 못할 때도 있었다. 뇌세포가 망가져 신경을 잃어 가는 것. 영원이 겪고 있는 일이었다.

잠시 후 노크 소리가 들렸다. 나이 지긋한 남자가 쟁반을 들고 들어와 영원 앞에 음료를 내려놓았다. 도현은 그가 사무장이라고 소개해 주었다. 영원은 엉거주춤 인사했다. 지난 32번의 시도 동안 한 번도 경험한 적 없었던 배려였다.

어색한 침묵도 잠시, 도현이 말을 꺼냈다.

"학교에 문제가 있나요?"

영원은 쭈뼛거리며 말했다.

"학교가 아니라 제가 문제예요. 여기가 33번째니까 거절하지 말아 주세요."

"무슨 일인데요?"

말로 설명하는 것보다 서류를 보여 주는 게 빠를 터였다. 어른들의 상상력은 지나치게 협소했다. 공식 서류 없인 절대 영원의 말을 믿지 않았다.

영원은 가방에서 서류가 담긴 파일을 꺼내 도현에게 내밀었다.

3장의 진단서와 13번의 테스트지.

서류를 보지 않으면 이름조차 외우기 힘든 희귀병. 전 세계 인구 중 단 0.2퍼센트에게만 나타나는 병으로 현재는 치료 방법도 없었고, 발병 후 3년 이상 생존한 사람도 없었다. 당연하게도 발병 원인 역시 몰랐다. 알 수 없는 이유로 잠들지 못했고, 수면제도 통하지 않았다. 24시간 깨어 있는 뇌세포가 점점 사라지고, 신경이 제 기능을 잃어 갔다. 어떤 식으로 증상이 발생할지 알 수 없었고, 그렇게 의식을 잃고 쓰러지면 다시는 깨어나지 못할 수도 있었다. 유일한 방법이라곤 의식을 잃었을 때, 기계에 의지해 호흡을 유지하는 것이었다. 그 치료를 위해선 한 달에 수천만 원이 넘는 돈을 감당해야 했다. 그렇게 버틴다고 해 봤자 기껏해야 3년이었다. 3일 뒤에 죽을 수도, 아니 3시간 뒤에 죽을 수도, 3년 뒤에 죽을 수도 있었다. 지금 이 순간에도 영원은 죽음 위에 서 있는 것이나 마찬가지였다.

그럼에도 불구하고 스틸 라이프는 어김없이 7이라는 숫자만 내세웠다.

안락사 허가 가능성 7퍼센트.

서류를 보는 도현의 표정이 점점 굳었다.

모두가 안 된다고 했다. 사정은 안타깝지만, 테스트 결과가 7퍼센트라면 시도조차 어렵다고. 적어도 50퍼센트는 나와야 싸워 볼 법한 여지가 생기는 거라고. 매정하게 돌아서는 사람도 있었고, 법이라는 게 참 야속할 때가 있다며 달래는 사람도 있었다. 어찌 되었건 거절이라는 건 똑같았다.

한참 후에야 도현은 서류를 내려놓았다.

"32군데를 찾아간 거예요? 모두 거절했고요?"

"네."

도현은 고개를 끄덕인 후, 다시 테스트지를 확인했다.

"테스트지가 조금 이상하네요."

이미 32번이나 지적받은 부분이었다.

"가족 관계 증명서 첨부했더니 보호자 동의 칸이 안 나왔어요. 저 고아거든요."

"현재 법적 보호자로 등록되어 있는 분은 누구세요?"

"보육원 원장님이요."

"원장님은 동의하시는 건가요?"

"동의도 반대도 안 하세요. 어떻게 해야 할지 모르겠다는 말씀만 하시고요."

도현은 다시 고개를 끄덕였다.

영원은 도현을 찬찬히 살폈다. 차분한 얼굴이었다. 감정이 전혀 읽히지 않았다. 이것 참 곤란하게 되었다는 표정도 아니었고, 왜 하필 자신을 찾아온 거냐는 짜증의 기미도 없었다. 그렇다고 유달리 안타까워하는 얼굴도 아니었다. 그야말로 담담했다. 이 일에 관심이 있는지 없는지도 알 수 없을 정도였다.

"테스트를 많이 해 봤네요."

"될 때까지 하려고 했거든요."

"같은 조건을 제시하는데 테스트 결과가 달라질 리 없죠."

"제 조건이 바뀔 수는 없어요."

"지금 법으론 테스트 결과가 필수인 만큼, 이길 가능성이 없다고 판단했을 거예요. 거절당했다고 너무 원망하지 마세요."

"아저씨도 거절하시는 거예요?"

"변호사로서 대변한 거죠. 거절한 변호사들이 나쁜 사람은 아니라고요."

영원은 코웃음을 쳤다. 변명이라면 지겨울 정도로 들었다. 폭력범도 사기꾼도 변호하는 사람들이 안락사만큼은 변호할 수 없다고 물러서는 모습이 우스웠다. 잘못한 것 하나 없는데 범죄자보다 못한 취급을 받는 것 같아 화가 났다. 하지만 그래 봐야 무슨 소용이 있을까. 포기하고 일어서려는 순간 도현이 물었다.

"안락사를 원하는 건가요?"

예상치 못했던 질문에 영원은 말문이 막혔다.

"시간이 걸릴 거예요. 방법도 많지 않고요. 보호자 동의 없이 진행된 테스트인 만큼 제도의 사각지대를 문제 삼아 무효 소송을 할 수도 있겠지만, 시간이 오래 걸릴뿐더러 소모전만 될 거예요. 보호자 동의를 얻는다고 해도 달라지지 않을 가능성이 크고요. 결국 테스트에 상관없이 진단서만으로 안락사를 허가해 달라고 정부에 소송을 걸 수밖에 없는데, 그 역시 쉽진 않을 테고요. 판례가 없는 만큼 언론의 관심도 쏟아질 거예요. 괜찮겠어요?"

헷갈렸다. 의뢰를 받아 준다는 걸까, 아니면 포기하고 돌아가라는 말일까. 도현의 표정만으론 의미를 짐작하기 어려웠다.

"받아 준다는 건가요?"

도현은 고개를 끄덕였다.

"오는 사람은 막지 않는다는 게 제 철칙이거든요."

영원은 금방이라도 눈물이 쏟아질 것 같아 고개를 푹 숙였다. 고맙다는 인사를 하려 했지만 입이 떨어지지 않았다.

잠시 후 도현이 말했다.

"시간만 버리고 결국 원하는 걸 얻지 못할 수도 있어요. 만 18세까지 1년 2개월 남았네요. 그보다 더 시간이 걸릴 수도 있다는 거예요."

　저마다 거절의 이유는 달랐지만 변호사들이 공통적으로 한 말이 있다.

　만 18세가 될 때까지 기다리라고. 그때가 되면 테스트 결과가 다르게 나올 거라고. 마치 연애는 대학 가서 하는 게 어떻냐고 말하는 어른들처럼. 그날만 되면 보육원에서 나와 집으로 돌아갈 수 있는 것처럼. 참고 기다리면 다른 삶이 펼쳐지기라도 할 것처럼. 어쩌면 그사이 치료 방법이 나오지 않겠냐는 허황된 설득까지 하면서. 하지만 영원은 더는 하염없이 기다리고 싶지 않았다. 안심할 수 있는 날은 단 하루도 없었다. 내일 당장 죽는다고 해도 차라리 싸우다 죽는 편이 나았다. 배팅은 언제나 무모한 법이니까.

"적어도 7퍼센트보단 가능성이 있겠죠."

7퍼센트의 확률

 스틸 라이프는 분주했다.

 1년에 두 번, 정부에서 현장 감사가 나왔다. 투명한 운영을 위해 날짜는 불시에 정해졌고, 3일 전에 통보되었다.

 물론 마음만 먹는다면 3일이든 3시간이든 얼마든지 데이터를 조작할 수 있었다. 감사용 자료를 따로 만들어 둘 필요도 없었다. 조건에 맞는 정보만 취합하도록 프로그래밍하면 된다. 굳이 그럴 필요가 없었을 뿐이다.

 스틸 라이프는 민간 기업임에도 불구하고, 국내 안락사 관련 예산은 국가 자금으로 운영되었다. 안락사 관련 AI 상담

서비스는 무료로 제공되었고, 테스트 역시 조건만 충족한다면 비용이 들지 않았다. 증명서를 떼기 위한 19,900원만 지불하면 된다. 회사 수입의 70퍼센트는 해외에 판매되는 프로그램 로열티, 20퍼센트는 기업 자금 투자, 10퍼센트는 강연이나 행사 등으로 충당되었다. 직원 수가 300명 남짓한 규모의 기업이었지만 수입 면에선 15대 기업에 들 만큼 튼튼한 회사였고, 복지는 최고 수준이라 가고 싶은 기업 1위에 꼽히기도 했다.

미래는 회사 3층에 있는 카페에서 주문한 아이스아메리카노를 받은 후, 사무실이 있는 5층으로 향했다. 감사라고 해 봐야 미래가 할 일은 하나밖에 없었다.

프로그램 안정성 검사 결과지를 제출하는 것.

기간 내 검사 시행 총횟수와 오류 횟수를 기록하고, 오류의 원인과 복구 과정 절차를 기술한 보고서를 작성하면 된다. 그 역시 시스템 안정 프로그램을 돌리면 30초 만에 결과가 나왔다.

미래가 자리에 앉자마자 부장이 다가왔다.

김진호 부장. 할 말이 있든 없든 하루에 몇 번은 어슬렁거리며 다가와 인터넷 밈 등 시답잖은 농담을 늘어놓곤 했다.

어찌나 인터넷 서핑을 열심히 하는 건지 미래로선 처음 듣는 게 대부분이었다. 헐렁해 보이긴 했지만 그는 스틸 라이프 창업 멤버였다. 스타트업을 운영하던 그는 스틸 라이프에 들어오는 조건으로 프로그램을 팔았다고 했다. 막대한 금액을 받았다는 소문도 있었지만, 사실 운영하던 스타트업은 문을 닫기 직전이었고 그동안 쌓인 빚에 직원들 퇴직금까지 챙겨 주고 나니 남는 게 없었다는 말도 있었다. 이사 자리까지 제의받았다는데 임원 따위 하고 싶지 않다며 고사했다고 한다. 부장 정도면 만족한다고. 충분히 그럴 사람으로 보였지만 덕분에 조금 실없어 보이기도 했다.

오늘도 농담이나 던질 거라는 예상과 달리 부장은 진지하게 말했다.

"7퍼센트 결과지만 모아서 제출하라네. 최근 1년 기록만 뽑으면 돼."

"7퍼센트요? 왜요?"

"한미래, 세상일은 몰라도 자기가 다니는 회사 일 정도는 알고 살자."

"안 가르쳐 줄 거면 비난도 금지예요."

"진짜 몰라? 다들 그 얘기만 떠드는구만. 테스트 결과에 상관없이 안락사 허가해 달라고 정부에 소송 건 애 못 봤어? 파악 좀 하려나 봐."

그제야 미래는 얼핏 보았던 뉴스를 떠올렸다.

"실정 파악한다고 달라질 게 있겠어요? 프로토콜대로 나오는 건데."

"우리가 거기까지 신경 쓸 필요는 없지. 아무튼 오늘 내로 제출해 줘."

"네."

"참, 부모님 제사는 잘 지냈어?"

"한 달 전 얘기를 꼭 어제 일처럼 하시네요. 세상일 파악하느라 본인이 한 말은 기억 못 하시나 봐요."

부장은 한 방 먹었다는 듯 가슴을 부여잡았다.

"그게 벌써 지난달이었나?"

"네, 정확히 똑같이 물으셨었고요. 저는 잘 지내고 말고 할 게 뭐가 있나요. 그냥 흉내나 내는 거죠, 라고 답했고요."

"요즘 누가 그런 흉내를 낸다고. 이름은 한미래인데, 행동은 꼭 한과거가 하는 것 같다는 말도 했었나?"

"네, 조심하세요. 사람들이 의심해요."

"치매라도 걸렸을까 봐?"

부장은 대단한 농담이라도 한 듯 껄껄 웃었다. 순간 미래는 가슴이 철렁 내려앉았다. 부장의 허허실실한 성격을 몰랐다면 아빠처럼 알츠하이머인 건 아닐까 의심했을 터였다. 부모님의 죽음 이후 변한 건 스틸 라이프에서 일하게 된 것만은 아니었다. 세상 어떤 것에도 안심할 수 없었다. 언제든 눈앞에서 모든 게 망가지거나 사라질 것 같았다.

"내 딸도 한미래 같았으면 좋겠네. 이건 뭐, 아빠가 살아 있는지 궁금하기나 한 건지 모르겠단 말이야."

"질색하실 거 같은데요."

"아무튼 부탁 좀 해."

부장은 웃으며 대답한 뒤, 자리로 돌아갔다.

7퍼센트.

스틸 라이프에서 7퍼센트의 확률이 나올 경우는 딱 하나였다.

만 18세 이하. 희귀병이든 불치병이든, 남은 날이 5년이든 5개월이든, 부자건 가난하건, 부모가 있건 없건 똑같았다.

안락사가 허가될 확률 7퍼센트.

금지 아닌 금지였다.

미성년자 안락사 역시 성인과 마찬가지로 법적으로 보장

되었지만, 부모의 동의가 필요했다. 그러나 사람들은 부모가 아이의 죽음에 동의할지도 모른다는 가정만으로도 치를 떨었다. 안락사법이 시행된 후로 중병에 걸리면 안락사를 택하겠다는 이들이 88퍼센트에 육박했지만, 그중 어느 누구도 미성년자 안락사 앞에서는 쉽게 입을 열지 못했다. 부모가 아이의 죽음에 동의할 리가 없다고 주장하는 이도, 부모 때문에 아이가 원치 않는 죽음을 맞게 될 수도 있다고 주장하는 이도 결론은 같았다. 어쨌거나 미성년자의 죽음을 허가하기엔 너무 이르다는 거였다. 미성년자 안락사를 주장하는 것은 금기나 다름없었다.

미성년자만 아니라면 안락사 허가 확률 80퍼센트, 90퍼센트, 99퍼센트가 나올 이들도 7퍼센트의 결과지를 받아야 했다. 의학, 기술, 과학, 확률과는 상관없이 행운을 바란다는 유일한 바람 하나로 정해진 숫자 7.

누군가는 농간이라 했고, 누군가는 최선의 위로라고 했다.

하지만 그 역시 스틸 라이프 내에서도 소수만 아는 얘기였다. 미성년자에게는 언제나 고정값 7퍼센트가 나온다는 건 기밀 사항이었다. 처음부터 7퍼센트로 정해졌던 건 아니었다. 2년 전쯤인가. 사장이 VIP를 만나고 왔다는 소문이 돌앉고, 며칠 뒤 정부의 요청이 있었다는 말과 함께 퍼센트를 조정하라는 지시가 내려왔다. 정확히 7퍼센트를 요구한 게 정부였는지, VIP였는지, 내부 임원 회의에서 정해진 것인지는 몰랐다. 절대 허가해서는 안 된다는 강력한 요청이 있었던 건지, 그저 시끄러워지길 바라지 않는다는 정도의 암묵적 지시가 있었던 건지도 알 수 없었다. 어느 쪽이든 대외적으로 알려져선 안 되는 일이었다. 사람들이 AI 프로그램을 신뢰하는 건, 인간의 판단이 개입되지 않았다고 믿기 때문이니까. 전원만 내리면 끝장나는 프로그램에 생사를 묻는 건 그래서였다.

미래는 재빨리 프로그램에 접속해 명령어를 입력했다. 곧이어 검색 결과가 나왔다.

2,452건 중 784건, 31.96퍼센트. 약 32퍼센트.

예상보다 훨씬 많았다. 안락사 테스트 신청자 중 미성년자 비율이 32퍼센트나 된다는 사실이 밝혀지면 논쟁은 급물살을 탈 터였다.

미래는 검사 결과는 뒤로한 채 기사를 검색했다. '안락사 소송'이라고 입력하자 128건의 기사가 나왔다. 3주 전, 한 아이가 정부를 상대로 안락사 허가 소송을 걸었다. 희귀병을 앓고 있다는 아이는 스틸 라이프 테스트 결과를 인정할 수 없다고 했다. 보호해 줄 부모도 없고, 내일 당장 죽을 수도 있는 병을 앓고 있는 자신에게 안락사가 허가될 확률이 어떻게 7퍼센트밖에 되지 않는 거냐고. 결과를 받아들일 수 없으니, 테스트 결과와 상관없이 안락사를 허가해 달라고 했다. 곧 법원에서는 재판 절차에 따라 사실 확인을 요청할 터였다. 정부에서 앞서 스틸 라이프의 7퍼센트 결과를 전수 조사하는 건 당연한 수순이었다. 물론 VIP의 지시까지 밝혀질 리는 만무하니 결국엔 유야무야 넘어가게 되겠지만, 당분간은 꽤나 시끄러워질 수도 있었다.

미래가 결과지 프린트 버튼을 눌렀을 때, 부장이 다시 다가왔다.

"깜박했네. 결과지 2부씩 프린트한 뒤에 7퍼센트 기록 전부 삭제해."

"데이터 기록은 5년 동안 보관하는 게 규정이잖아요."

"상부 지시야."

부장은 어쩔 수 없지 않냐는 표정을 짓고는 자리로 돌아갔다.

문제가 생기기 전에 문제를 없애 버리는 것. 회사 입장에서는 데이터 조작보다는 데이터 소실이 훨씬 더 간편하고 안전한 방법이었다. 버튼 하나면 되는 일이었지만 미래는 어쩐지 내키지 않았다.

정말 이렇게 지워 버려도 괜찮은 걸까.

미래가 삭제 버튼을 누르지 못한 채 망설이고 있을 때, 사무실 전화가 울렸다. 1층 안내 데스크에서 온 전화였다.

"한미래 대리님, 손님이 찾아오셨는데요."

"손님이요?"

"네, 백도현 변호사라고 하네요. 중요한 일이라고 하시는데요."

백도현? 미래는 처음 듣는 이름이었다.

"저를 찾아온 게 확실한가요?"

"네, 오늘 꼭 뵈어야 한다는데, 사무실로 안내할까요?"

머릿속을 헤집어 보았지만 떠오르는 얼굴이 없었다. 아는 변호사라곤 지윤이 전부였다. 연애라도 하라고 난리 치더니 설마 회사에 소개팅 상대라도 보낸 건가. 정말이라면 황당한 일이었지만 그것 말고는 변호사가 미래를 찾아올 일이 전혀 없었다.

"아뇨. 제가 내려갈게요."

미래는 전화를 끊고 자리에서 일어났다. 나가려다 말고 삭제 버튼을 눌렀다. 찜찜하다고 해서 거부할 수 있는 일이 아니었다. 미래가 하지 않아도 누군가는 할 일이었고, 그렇다면 재빨리 해 버리는 게 나았다.

1층 로비 안내 데스크 앞에 슈트를 말끔하게 차려입은 남자가 보였다. 처음 보는 얼굴이었다. 휴대폰을 보고 있던 그는 미래가 다가가자 재빨리 휴대폰을 주머니에 넣었다.

"저를 찾아오셨다고요?"

"한미래 씨?"

"네, 제가 한미래는 맞는데 무슨 일로 오신 건가요?"

"안녕하세요. 백도현이라고 합니다."

도현은 인사 후 명함을 건넸다.

"갑자기 찾아와서 죄송합니다. 무례라는 건 알지만 사정이 급해서 오게 되었습니다. 잠깐 이야기 나눌 수 있을까요?"

"지윤이가 보냈어요?"

"지윤이요? 아뇨, 고영원 학생 일로 왔습니다."

도현은 지윤의 이름에 잠시 당황한 듯했으나 이내 침착하게 대답했다.

"잘못 찾아오신 것 같은데요. 처음 듣는 이름이에요. 아는 학생도 없고요."

"괜찮으시다면 잠깐 자리를 옮기죠."

백도현도, 고영원도 처음 듣는 이름이었다. 미래로서는 대체 무슨 일인 건지 가늠조차 할 수 없었다. 하지만 도현의 얼굴을 보니 쉽사리 돌아갈 것 같지 않았다. 어쩔 수 없이 미래는 도현을 따라 맞은편 건물의 카페로 향했다.

사정이 급하다는 말을 증명이라도 하듯, 도현은 앉자마자 빠르게 이야기를 시작했다. 일목요연한 설명에도 불구하고 믿기 힘든 이야기였다.

안락사를 허가해 달라고 정부에 소송을 건 아이의 이름이 바로 고영원이었다. 그 고영원이 미래의 이복동생이라고, 조사 중에 고영원의 친부가 한미래의 아빠 한승민이라는 사실이 드러났다고 했다.

현재 고영원에게는 법적 보호자가 될 만한 친인척이 존재하지 않았다. 그래서 법적으로는 관계가 없지만, 혈연으로 연결된 유일한 사람으로서 한미래의 이름까지 드러난 판국이었다. 미래는 부모님의 죽음 이후 더는 놀랄 일이 없을 줄 알았다. 세상 어떤 일이 벌어진다고 해도, 설령 외계인이 지구를 공략한다고 해도, 죽은 엄마 아빠가 되살아난다고 해도 덤덤할 줄 알았다. 겪을 수 있는 서프라이즈는 이미 다 겪었다고 생각했었다.

미래는 헛웃음을 지었다.

"뭔가 잘못 아신 것 같은데, 아무리 돌아가신 분이라지만 굉장히 모욕적이네요. 저희 아빠가 바람이라도 피웠다는 건가요? 당사자가 없다고 아무 말이나 하시면……."

도현은 가방에서 서류 한 장을 꺼내 내밀었다.

친자 확인 검사지였다.

"7년 전에 시행한 검사지입니다. 한승민 씨 생전에 직접 요청하신 사안으로 기록되어 있습니다. 뒷장을 보면 아시겠지만 4년 전, 친권 포기 각서에 서명하셨고요. 지금 보고 계신 서류는 법원에서 발부받았습니다."

"그러니까 아빠가 엄마 몰래 바람을 피웠고…… 아이도 낳고…… 그 아이를 포기까지 했다는 거군요."

미래는 제 입으로 말하면서도 믿기지 않았다. 간신히 흘러나온 말이 허공으로 흩어졌다. 단 한 번도 흔들린 적 없던 믿음은 산산조각이 났다. 세상을 떠들썩하게 만들 정도로 애처가였던 아빠가, 죽음의 순간까지 엄마와 함께했던 아빠가 우리를 배신했었구나. 왜 마지막까지 숨긴 걸까. 병 때문에 기억을 잃었던 걸까. 미래는 자신도 모르게 주변을 살폈다. 어딘가에 몰래카메라가 있고, 누군가 숨어서 미래의 반응을 보며 낄낄대며 웃고 있을 것만 같았다. 조회 수에 눈먼 이들이 펼치는 쇼 같은 데 휘말린 걸지도 몰랐다. 그러나 침묵 속에 시간이 흘러도 아무도 나타나지 않았다. 앞에 앉아 있는 백도현이라는 남자의 표정 역시 조금도 흔들리지 않았다.

"한승민 씨에게 어떤 사정이 있었는지 아직 파악된 게 없습니다. 설령 안다고 해도 공유해 드릴 수 없는 문제이기도 하고요."

미래는 숨이 막혔다.

화가 머리끝까지 솟구쳤지만 아빠에 대한 분노를 터뜨리는 건 나중 문제였다. 지금 눈앞에 앉은 남자의 말이 전부 사실이라고 해도…….

"저한테 원하는 게 뭔가요? 이제 와서 유산상속이라도 해 달라는 건가요?"

"고영원 양의 모친 고은수 씨 역시 2년 전 위암으로 세상을 떠났습니다. 이후 고영원 양은 보호시설에서 지냈고요."

"그래서 원하는 게 뭐냐고요."

미래의 목소리가 높아졌다. 카페에 있는 사람들의 시선이 쏠렸지만 상관없었다. 지금 당장 일어나서 도망치고 싶은 심정을 겨우 억누르고 있었으니까.

"한미래 씨의 동의가 필요합니다."

"……."

"스틸 라이프에서 근무하고 계시니 잘 아시겠지만, 미성년자가 안락사 허가를 요청할 때, 보호자 동의는 필수입니다."

"뉴스에 나온 대로라면, 테스트가 무용하다고 소송한 거 아닌가요? 테스트 결과에 상관없이 본인은 스스로 결정할 수 있는 충분한 자격이 있다고 주장했던 걸로 알고 있는데요."

"그렇게 주장할 수 있었던 건 영원 양에게 가족이 없었기 때문입니다. 그러면 보호자 동의가 생략된 상태에서 테스트를 진행할 수 있었으니까요."

도현의 지적에 미래는 움찔했다.

기사에는 구체적으로 언급되지 않았지만 사실이었다. 미성년자인데 가족이 없는 경우, 자발적 판단이 가능하다는 의사의 진단이 있으면 보호자 동의 없이도 테스트를 받을 수 있었다. 물론 이 또한 예외적인 경우였으며, 어차피 시스템상 7퍼센트라는 결과를 피할 수는 없었을 것이다. 그렇게 예외가 맞물린 희박한 확률의 공간에 고영원이 존재하는 것이었다.

미래가 아무 말도 하지 않자 도현은 계속 말을 이었다.

"보호자가 없는 경우엔 시스템마저 예외적인 상황으로 보고 다른 절차를 고려하고 있으니, 허가 역시 일반적인 절차가 아닌 다른 방법이 필요한 거 아니냐고 주장할 수 있었던 거죠. 하지만 이복자매가 있다는 사실이 밝혀진 이상 기존 절차를 무시하고 넘어갈 수 없게 된 겁니다. 정부는 논란을 최소화하기 위해서라도 반드시 한미래 씨의 존재를 걸고 넘어질 테고요."

도현은 침착했다.

"조금 전에 말씀하셨잖아요. 아빠가 친권을 포기했다고."

"네. 보통은 법적 후견인이 우선이지, 한미래 씨를 보호자로 보진 않습니다. 정 필요하다면 후견인 선임 심판 먼저 진행할 테고요. 하지만 안락사 소송은 촌각을 다투는 일이기도 하고, 신청자가 미성년자라면 보호자 동의가 가장 중요한 사안이니 예외성을 인정할 수밖에 없습니다. 앞서 법적 후견인 절차가 진행되었을 땐, 한미래 씨의 존재를 인지하지 못한 상태였죠. 그러나 한미래 씨의 존재가 밝혀진 지금 상황에서는 한미래 씨에게 아직 보호자가 될 권리가 존재한다고 해석하는 겁니다. 현재 영원 양의 법적 후견인은 가족이 아니기 때문에 안락사에 동의할 수 없는 상태고요. 저도 상황이 이렇게 된 게 안타깝다고 생각합니다."

기막힌 상황 앞에 미래는 할 말을 잃었다.

7퍼센트의 확률.

그 수치가 삶에 침투할 확률은 얼마나 될까. 이 모든 게 거짓말이라면, 누군가 미래를 속이기 위해 대대적인 연극을 꾸민 거라면 어떨까. 그 확률은 7퍼센트 이상일까, 이하일까. 미래는 당장 회사에 들어가 프로그램에 물어보고 싶었다.

대체 내가 어떻게 하면 되는 거냐고.

지금 이 상황이 벌어지게 만든 모든 사건의 확률을 0퍼센트로 만들기 위해서 어떻게 하면 되는 거냐고.

집

 보육원에 입소하던 날, 영원이 챙긴 짐은 캐리어 하나면 충분했다. 고작 20인치 캐리어였는데 그마저도 가득 채우지 않아 생각보다 가벼웠다. 어쩔 수 없이 보육원에서 생활해야 한다고 해도, 영영 집을 떠나는 기분을 느끼고 싶지 않았다. 학교 기숙사에 들어가는 것처럼, 언제든 엄마가 기다리고 있는 집으로 돌아갈 수 있는 것처럼 가뿐하게 굴고 싶었다. 달라진 현실을 인정하고 싶지 않았다.

 영원은 바닥에 펼쳐 둔 캐리어를 빤히 쳐다보았다.

 이미 가득 차 있었다. 아직 책상과 옷장에는 짐이 남아 있었다. 예전에는 계절이 바뀔 때마다 집에 들러 옷을 가져다 놓고 가져오곤 했었는데, 언제부턴가 관두었다. 계절에 맞지 않는 두꺼운 외투와 보풀이 가득한 스웨터가 옷장에 걸려 있었다. 캐리어와 옷장을 번갈아 보던 영원은 이내 옷장 문을 닫았다. 다시 겨울을 맞이할 수 있을지 알 수 없었다.

"두고 가는 거야?"

원장이 방에 들어오며 물었다.

"다음에 가져가도 될까요? 공간이 없어서요."

영원은 캐리어를 가리키며 대답했다.

"당연하지. 언제든지 다시 와도 돼."

'다음'도 '다시'도 없다는 걸 두 사람 모두 알고 있었다. 그래도 눈물 어린 인사를 하고 싶진 않았다. 끝이지만 끝이 아닌 것처럼, 그렇게 끝을 내야만 억지 미소라도 지을 수 있었다.

변호사를 선임한 후 많은 것들이 빠르게 진행되었다.

도현은 정부를 상대로 영원의 안락사를 허가해 달라는 소송을 걸었다. 미성년자에게만 안락사 신청 절차가 복잡한 건 억울하다는 내용이 아니었다. 도현은 그렇게 주장한다면 100퍼센트 지게 될 거라고 했다. 법원에서는 미성년자의 미성숙함을 지적함과 동시에 부모가 없는 상황에서 올바른 판단이 불가능하다는 결론을 내릴 확률이 높다고 했다. 그러니 테스트가 잘못되었다고 시스템을 공격해야 한다고.

도현의 말이 맞았다. 반려할 거란 언론의 예상과 달리 법원에서 소송을 받아들였으니까. 영원은 다행이라는 생각과 함께 누군가 자신을 죽게 해 주려고 싸우는 상황이 묘하게 느껴지기도 했다. 분명 원하는 바였는데도.

거기까지였다.

이후 벌어진 일들은 모두 영원이 바라던 게 아니었다. 영원이 고아이기 때문에 생명을 포기하게 두는 거냐고 원장이 공격당할 줄은, 영원과 같은 보육원에 산다는 이유만으로 아이들의 얼굴이 각종 매체에 박제될 줄은 예상하지 못했다. 날마다 누군가 찾아와 영원에 관해 캐고 다닐 줄은, 영원에게 돈을 주면 마음을 돌릴 수도 있다고 생각하는 이들이 이렇게나 많을 줄은, 누군가 보육원 벽에 '사탄은 물러가라.' 같은 말을 쓸 줄은 꿈에도 몰랐다.

재판이 시작되면 더 많은 시선이 쏟아질 테고 더 많은 사람이 곤란해질 터였다. 영원은 그것만은 막고 싶었다. 그러자면 보육원에서 나가야만 했다.

엄마가 돌아가셨을 때는 혼자 사는 게 허가되지 않았지만, 변호사를 후견인으로 지정하니 보호시설을 나갈 수 있는 자유가 주어졌다. 심지어 법원에서는 병원비를 위해서 집을 처분할 수 있는 권한까지 내주었다. 허무할 정도로 간단했다. 그러면서도 변호사라는 이유로 백도현이 동의서에 서명할 자격은 주지 않았다. 문제가 되지 않는 일들만 해결해 주는 것. 최소한의 안전망이라는 법이 영원에겐 최대의 장벽처럼 느껴졌다.

잠시 동안 두 사람은 말없이 서로를 바라보았다.

원장의 눈에 눈물이 고였다. 영원은 시선을 돌렸다. 급히 캐리어를 닫으려는데 손이 자꾸 미끄러졌다.

원장은 뒤돌아 눈물을 훔친 후, 영원의 곁으로 다가와 캐리어를 닫아 주었다.

"재판 시작 전까진 병원에 입원하는 게 좋지 않을까?"

"저 그 정도로 부자 아니에요."

영원의 어설픈 농담에 원장은 차마 웃을 수 없다는 듯 고개를 떨궜다.

죽기 전 엄마가 영원에게 남긴 건 19평의 아파트와 3천만 원의 예금이었다. 장례를 치르는 데 천만 원을 쓰고 나머지는 대학교 진학을 대비해 남겨 두었지만, 진단을 받은 뒤 병원에 다니는 데만 쓴 돈이 벌써 천만 원을 넘었다. 수천만 원이 들어가는 치료 역시 임시방편일 뿐 진짜 치료라 할 수도 없었다.

"내가 동의해 줄 수 있었다면…… 덜 힘들었을까."

불가능한 일이었다. 법적 후견인이라 할지라도 가족이 아니라면 안락사 동의 자격은 주어지지 않았다. 영원 역시 소송을 진행하면서 알게 된 일이었다. 그래서 다행이었다. 더는 짐을 지우고 싶지 않았다.

좋은 사람이었다.

마흔이 되었을 때, 아들을 잃고 죄책감과 그리움에 보육원에 봉사 활동을 다니다가 결국 원장이 되어 아이들을 돌보고 있는 사람.

보육원에 오면 알게 된다.

사람은 너무 쉽게 죽는다는 것을. 꼭 죽음이 아니더라도 누구나 소중한 사람을 잃고 살아가게 된다는 것을. 거대한 상실감을 안고 살아가는, 전혀 평범하지 않을 것 같은 이 삶이 실은 얼마나 지독하게 평범한 것인지를. 자기 연민 역시 한없이 흔하디흔한 감정에 불과하다.

영원은 원장의 손에 자신의 손을 올렸다.

언제 생겼는지도 모를 멍이 눈에 들어왔다. 얼마 전부터 몸에 멍이 들기 시작했다. 멍도 증상 중 하나인지, 몽롱한 정신으로 다니다가 자신도 모르게 부딪힌 것인지 알 수 없었다. 원인을 모르니 결국 모든 게 모르는 것투성이일 뿐이었다. 벌어지는 일을 받아들이는 것밖에 할 수 있는 게 없었다.

"똑같았을 거예요."

영원은 단호하게 말했다.

불가능하다는 말은 굳이 하지 않았다. 자격이 없다는 사실조차 자신의 탓으로 돌릴 사람이었으니까. 자신이 해 줄 수 있는 게 없다는 걸 가장 많이 슬퍼한 사람이었으니까. 영원은 원장에게 자격이 있었다 할지라도 부탁하지 않았을 것이다. 부담 따윈 주고 싶지 않았다.

처음 불면이 시작되었던 날은 커피를 너무 많이 마셔서 그런 줄 알았다. 시험 기간이었고, 독서실에서 자주 밤을 새우곤 했으니까. 그런데 시험 기간이 끝나도 불면이 계속됐다. 같은 방을 쓰는 다른 아이들의 뒤척임과 코 고는 소리에 잠들지 못하는 건 아닐까 하는 마음에 베개를 들고 빈 교실에 가서 잠을 청했지만 소용없었다. 다음 날도 그다음 날도 마찬가지였다. 결국 수면제까지 처방받았지만 똑같았다. 한 알로 부족한 걸까, 두 알 이상 먹으면 위험하다는 말에도 불구하고 세 알까지 먹어 보았지만 마찬가지였다. 그러다 학교에서 쓰러졌다. 간만의 잠에 개운한 심정으로 일어났을 땐 고통 어린 원장의 얼굴이 눈앞에 있었다.

그다음부터는 병원을 전전했다.

우스운 일이었다. 잠을 못 잔다는 걸 제외하면 지독하게 멀쩡했으니까. 지금도 고통을 호소하지 않을 때면 영원은 평범해 보였다. 몸을 움직일 수 없는 것도 아니었고, 말을 잃지도 않았다. 증상이 즉각적으로 보이는 병이 아니라서인지 대다수는 영원이 거짓말하고 있다고 여겼다. 정말 희귀병이냐고. 불면증과 기면증이 섞였을 뿐 아니냐고. 이겨 내 보라고. 누구에게나 삶은 힘든 법이라고. 죽는 것 말고는 답이 없다는 걸 누구도 쉽게 인정하지 않았다. 심지어 고아라서 쉽게 삶을 포기하는 거라는 비난을 들어야 했다.

얼마나 지났을까.

문밖에서 기다리고 있는 도현이 보였다.

"이제 가 볼게요. 애들 오기 전에 가야죠."

원장은 고개를 끄덕이면서도 영원의 손을 쉽게 놓지 못했다.

"혼자 끙끙 앓지 말고 마음껏 연락해. 알았지?"

영원은 고개를 끄덕였다.

처음 보호시설에 입소해야 한다는 사실을 알았을 땐 화를 냈다. 집이 없는 것도 아니고, 혼자 지낼 수 없는 것도 아닌데 왜 가야 하냐고.

어차피 엄마가 죽기 전 3개월 동안은 혼자 지낸 것이나 마찬가지였다.

일어나면 병원에 들러 입원 중인 엄마를 보고 학교에 갔고, 학교를 마치면 병원에 있다가 잠들 때가 되어서야 집으로 돌아왔다. 주말이면 청소와 빨래를 몰아서 했고, 집안일을 끝내면 다시 병원으로 갔다.

고통스러워하는 엄마에게 의사는 안락사라는 선택지를 알려 주었지만, 엄마는 끝내 안락사를 선택하지 않았다. 가망이 없다는 말에도 '위암이잖아요.'라는 말만 반복했다. 엄마 생각에 위암은 나을 수 있는 병이었다. 암세포가 전이되었다고 해도 암이라면 치료 방법이 없는 게 아니니까. 누군가는 기적처럼 암세포가 사라졌다며 방송에 나오기도 했으니까. 그럼에도 불구하고 죽는 사람이 있다는 걸 결코 인정할 수 없다는 듯 엄마는 완강히 안락사를 거부했다. 그리고 보면 엄마가 지금 여기 없는 게 다행일지도 모른다. 엄마는 절대 안락사에 동의하지 않았을 것이다.

도현의 차를 타고 보육원을 빠져나오는 동안 영원은 돌아보지 않았다. 백미러를 보지 않으려 애썼다. 금방이라도 무너질 듯 위태롭게 서 있을 원장을 볼 자신이 없었다. 조금 빨리 떠나게 되었을 뿐이다. 비로소 집에 가게 되었다고, 언제든 겪어야만 하는 일이었다고 반복해서 되뇌었다.

"청소만 했어."

활짝 열려 있는 베란다 창문에 영원이 놀라자 도현이 말했다.

"아저씨가 직접요?"

"아니, 난 뭐든 전문가가 있다고 생각하는 편이라."

도현은 머쓱하게 웃었다.

죽어 가는 상황에서도 웃으려면 얼마든지 웃을 수 있다. 영원이 어쩌다 웃기라도 하면 다들 잘못이라도 저지른 듯 입을 앙다물었지만 도현만은 그러지 않아 다행이었다.

"얼만데요?"

"그 정도는 친절로 받아도 괜찮아."

"친절이라면 지겨운데요."

뉴스에 나간 후로 후원이 쏟아졌다. 후원금이 필요하다는 말을 꺼낸 것도, 돈 때문에 안락사를 허락해 달라고 한 것도 아니었는데 보육원으로 각종 물품이 쏟아졌고, 너도나도 영원을 후원하겠다고 했다. 거절해도 소용없었다. 동정은 늘 그렇게 지독하다. 착한 얼굴을 하고 있다는 점에서 더더욱.

"그래, 그럼 나중에 한 번에 청구할게."

도현은 가볍게 대답했다.

보육원에 들어간 후 한동안은 집에 계속 왔었다. 잘 때가 되어서야 보육원으로 갔다. 나중엔 그마저 귀찮아져 관두었다.

어차피 이 집이 좋았던 건 엄마가 있었기 때문이니까.

영원이 5세 때 이사 온 집이었다.

고은수, 고영원.

영원은 엄마의 성을 물려받았다. 많은 이들은 영원의 엄마가 미혼모라고 생각했지만, 영원에게 아빠가 없는 건 아니었다. 유치원에 입학하기 전 돌아가셨을 뿐이다. 영원은 왜 아빠가 없냐고 묻는 사람들이 되레 이상했다. 부모님이 모두 살아 있는 것이야말로 특별한 일이라고 생각했다. 아빠 아프지도 않았고, 다른 사람을 괴롭히지도 않았지만 사고를 당했다. 한평생 같이하는 사람이 있는 것처럼 가족을 유달리 빨리 잃는 이들도 있는 법이었다. 영원은 그 사실을 철들기도 전에 배웠다.

집은 그대로였다.

소파를 옮기다 찢어진 장판도 그대로, 티브이 수납장 위의 액자도 그대로였다. 엄마가 아프기 전, 벚꽃 구경을 하러 갔던 날이 있었다. 대학생 커플이 부탁해 사진을 찍어 줬는데, 구도가 마음에 들지 않았던 모양이다. 커플은 엄마와 영원을 나란히 세워 코칭까지 하며 사진을 찍어 주곤 자신들도 이렇게 찍어 달라고 했다. 엄마는 유난이라면서도 실은 그 사진이 마음에 들었는지 프린트까지 해서 액자에 넣어 두었다. 엄마가 남몰래 좋아하던 그 모습이 계속 떠올라 차마 보육원에 가져가진 못했던 사진이었다.

삐뚤빼뚤한 글씨로 쓰인 '잘 살자!' 종이 역시 여전했다.

언젠가 가훈을 적어 오라는 숙제를 받은 적 있다. 엄마는 '잘 살자!'라고 적으라 했고, 선생님은 성의가 없다는 말로 돌려보냈다. 엄마는 그런 법이 어디 있냐며, 곧 죽어도 우리의 가훈은 '잘 살자!'라며 테이블 유리 밑에 끼워 두었다.

누구도 인정하지 않아도, 우리만 지키면 되는 거라고.

누군가는 인정하지 않았기 때문일까. 가훈대로 살지는 못하게 되었다.

 영원은 천천히 집을 둘러보았다. 청소만 했을 뿐이라는 도현의 말과 달리 냉장고 역시 가득 채워져 있었다.

"먹을 건 있어야지."

도현은 멋쩍은 웃음을 지으며 말했다.

"고맙습니다."

"잠깐 할 말이 있는데. 앉을래?"

 두 사람은 식탁에 마주 앉았다. 곧이어 도현이 가방에서 수첩을 꺼내 식탁 위에 올려놓았다. 영원의 일기장이었다.

"지난번에 사무실에 떨어뜨리고 갔더라."

"보셨어요?"

"아니."

"진짜요?"

"변호사로 살다 보면 남의 일에는 관심이 없어져. 알려고 하지 않아도 알게 되는 일이 너무 많거든."

 영원은 도현을 쳐다보았다. 무덤덤한 표정이 거짓말을 하는 것처럼 보이진 않았고, 봤다고 해도 어쩔 수 없는 일이었다.

"할 말이 뭔데요?"

"너에게 언니가 있다는 걸 알았니?"

"……."

재판이 시작되면 생각지도 못했던 사실들이 튀어나올 거라고 했었다. 숨기고 싶었던 진실도, 잊고 있었던 일들도, 하지 않았던 말들도 기다렸다는 듯 쏟아질 거라고. 진실과 거짓을 구분하는 것이 의미 없을 만큼 목을 졸라 올 것이라고. 그런데도 예상하지 못했다. 언니라는 존재가 세상에 드러날 것이라곤.

"법원에서 7년 전 친자 검사를 했던 기록을 찾았어."

"그럼 어떻게 되는 건데요?"

"두 가지 경우가 있어. 언니가 자신이 너의 보호자라는 걸 인정하거나, 너를 동생으로 인정할 수 없다고 거부하거나."

"어떻게 다른 건데요?"

지금까지 남으로 살았고, 어차피 남이나 다름없다는 말을 굳이 할 필요도 없을 것 같았다. 이미 밝혀진 사실 앞에 무슨 말을 할 수 있겠는가.

"인정한다면 안락사 동의 권한을 언니가 갖는 거고, 인정할 수 없다면 지금대로 소송을 이어 가면 돼."

"그럼 후자로 하면 되겠네요."

"우리가 결정할 수 있는 일이 아니야."

웃긴 일이었다.

인생에 단 한 번도 등장하지 않았던 사람에게 그토록 쉽게 결정 권한을 쥐여 주다니. 고작 나이가 많다는 이유 하나로 타인의 목숨을 좌지우지할 수 있다니.

"저한테 거부 권한이 없다는 건가요?"

"안타깝지만 그래."

인생을 주체적으로 살아야 한다고 대체 누가 말한 걸까. 그게 사실이라면 20세, 만 18세가 되어야만 인생이 시작되기라도 한다는 말인가. 영원은 그게 누구든 따져 묻고 싶었지만 소용없다는 걸 알고 있었다. 영원이 지금 유일하게 할 수 있는 일이라곤 언니라는 사람이 자신을 거부하길 바라는 것뿐이었다.

만 18세가 되기까진 1년 1개월이 남았다.

고영원

 현관은 선물로 가득했다. 시들어 가는 꽃바구니, 커다란 곰 인형, 포장을 뜯지 않은 상자들이 아무렇게나 쌓여 있었다.
 "완전 아이돌 같죠?"
 영원은 무심히 말한 뒤, 집 안으로 들어갔다.
 '쾌차를 바랍니다.', '끝까지 포기하지 마.' 같은 문구가 적힌 종이들이 구겨진 채로 바닥에 나뒹굴었다. 대단한 사람들이네, 미래는 헛웃음이 나왔다. 위로라는 게 하는 사람을 위한 건지 받는 사람을 위한 건지 헷갈렸다. 동시에 자신이라고 크게 다를까 싶었다. 소용없는 싸움에 소중한 시간을 낭비하지 말고 남은 시간을 보내는 게 어떠냐고, 그게 안 된다면 적어도 자신만큼은 이 싸움에 끌고 들어가지 말아 달라고 영원에게 부탁하고 싶었다.

친자 확인서를 들고 왔다고 해서 쉽게 믿을 수 있는 일이 아니었다.

미래의 아빠와 영원의 엄마가 어떤 관계였는지 진실은 모른다. 두 사람 모두 세상을 떠났으니까. 미래와 영원이 유전자 검사를 한다고 해도 그것까지 알 수는 없는 일이다. 지금으로서는 당시 친자 확인 검사가 실제로 행해졌고, 공증까지 받았다는 사실이 전부였다. 하지만 검사 내용이 조작되지 않았다고 확신할 수는 없었다.

영원은 믿지 않아도 좋으니 자신을 딱 한 번만 만나 달라는 말을 도현을 통해 전해 왔다. 지윤은 좋은 생각이 아니라고 미래를 만류했지만 그래도 한 번은 만나야 할 것 같았다.

도현이 찾아왔던 날, 미래는 회사에 돌아가자마자 영원의 기록을 검색했다.

직원이라고 해도 신청자 본인의 요청 없이 기록을 찾아보는 것은 물론 불법이었다. 테스트 결과는 오직 당사자만 확인할 수 있었고, 확인하려면 신청할 때 부여되는 개별 코드가 필요했다. 개인정보를 보호하기 위한 안전장치였지만 미래가 마음만 먹으면 몇 초 만에 뚫을 수 있는 일이었다. 이전에 가족이나 애인이 테스트를 시도했는지, 그것만이라도 확인해 달라고 요청해 오는 경우도 종종 있었다. 한 번도 받아 준 적 없었다. 법을 어기면서까지 선을 넘어야 할 이유가 없었으니까. 그렇게 평소라면 절대 하지 않았을 일이었는데도, 미래는 일말의 고민도 하지 않은 채 삭제했던 7퍼센트 데이터를 복구했다. 고영원이라는 이름을 입력했다.

3달 동안 13번의 테스트.

테스트 제한 횟수가 있는 건 아니었다. 정해 놓을 필요가 없었다. 이미 마음의 결정을 내린 사람들이었으니 대부분은 1번의 테스트로 충분했다. 기껏해야 두세 번이었다. 하지만 영원은 계속해서 시도했고, 13번 모두 7퍼센트가 나왔다는 사실에 반기를 들었다. 어째서 누가 봐도 죽을 수밖에 없는 자신이 고작 7퍼센트밖에 되지 않는 거냐고. 그러니까 영원은 단 한 번의 기록이 아닌 13번의 기록을 가지고 정부에 소송을 건 것이었다. 같은 프로그램에 같은 조건을 넣었으니 당연히 똑같은 결과가 나올 수밖에 없었지만 사람들은 그것까지 따지진 않을 터였다. 그저 13이라는 숫자에 집중하고,

무언가 잘못되었다고 할 것이다. 법원에선 통하지 않을지 몰라도 여론 재판에선 유리하게 돌아갈 확률이 높았다. 회사에서 이미 데이터를 삭제했다고 해도, 결과지가 영원의 손에 있었으니 진흙탕 싸움이 될 게 뻔했다.

테스트 결과를 확인한 미래는 곧장 다시 기사를 살폈다. 대부분이 소장 내용을 그대로 전달하고 있었고, 간간이 미성년자 안락사가 진행된 해외 사례에 관한 내용도 있었다. 영원의 인터뷰 영상도 있었지만, 미래는 오늘 아침까지도 차마 재생 버튼을 누르지 못했다. 여전히 믿기지 않아 볼 자신이 없었다. 결국 집을 나서기 직전에야 영상을 확인했다.

영상 속 영원은 당당했다.

자신이 왜 죽어야 하는지, 얼마나 죽고 싶은지, 얼마나 아픈 건지에 대한 언급은 전혀 하지 않은 채, 법의 불공평함을, 자신 같은 존재는 소외될 수밖에 없는 허점을 지적하고 있었다. 그 모습이 더 안쓰러운 동시에 이상하게 불편하기도 했다. 그래서일까. 댓글에서 영원의 주장에 찬성하는 쪽과 반대하는 쪽이 치열하게 싸우고 있었다.

하지만 모든 게 미래의 존재가 밝혀지기 전의 일이었다.

보호자가 될 만한 가족이 있다는 걸, 심지어 언니라는 걸 알았을 때 영원의 기분은 어땠을까. 친자 검사를 했을 때 이미 알았을까. 어째서 아빠도 친권을 포기했는데, 기어코 미래까지 찾아내서 의무를 다하라고 하는 걸까. 미래야말로 법원에 소송을 걸고 싶은 심정이었다.

도현을 따라 영원의 집까지 오긴 했지만 무슨 말을 해야 할지 알 수 없었다. 위로해 봐야 현관에 가득 쌓인 선물처럼 외면당할 터였다. 그렇다고 아빠의 숨겨진 과거를 캐낼 마음도 없었다. 배신감이 들긴 했지만, 지금 와서 낱낱이 알아봐야 소용없는 일이었다. 당연히 안락사 동의서에 사인할 마음도 없었다. 고통 없이 죽고 싶은 마음을 이해하는 것과 그 죽음에 찬성한다고 사인을 하는 건 전혀 다른 일이니까.

집 안은 현관과 달리 깨끗했다. 아이 혼자 지내는 집인 게 믿기지 않을 정도로 잘 정돈되어 있었다.

"마실 게 물밖에 없는데 괜찮으세요?"

영원은 답을 기다리지 않은 채 냉장고로 향했다.

미래는 냉장고에서 물을 꺼내는 영원을 빤히 쳐다보았다. 마르고 키가 큰 아이였다. 170센티미터 정도 되려나. 핏기 어릴 정도로 하얀 얼굴에 주근깨가 눈에 띄었다. 쌍꺼풀은 없었고, 콧대는 높았다. 쫑긋 선 귀가 아빠를 닮았다. 미래는 자신도 모르게 영원의 얼굴에서 아빠의 흔적을 찾고 있었다.

"괜찮으세요?"

미래는 도현의 질문에 정신이 들었다.

영원은 테이블에 컵 받침을 깔고 물을 내려놓은 뒤, 미래의 맞은편에 앉았다.

"아저씨, 미워하지 않으셨으면 좋겠어요. 오해하지도 마시고요."

영원의 말에 미래는 코웃음이 나왔다.

"따지고 보면 너도 피해자인데 내 기분까지 신경 쓸 것 없어. 대신 변명해 줄 필요도 없고."

미래는 까칠하게 대답하곤 곧장 후회했지만 영원은 개의치 않는 표정이었다.

"언니 되게 쿨하네요."

언니라는 말이 어색하고 불편했다. 지윤의 말대로 오지 말았어야 하는 걸까. 무슨 말을 해야 할지 갈피를 잡지 못하고 있을 때 영원이 계속해서 말을 이었다.

"근데 진짜 오해예요. 저희 엄마 유부남이랑 바람피우고 그런 분 아니세요. 일찍 돌아가시긴 했지만 아빠도 있었고요."

"……"

"정자 기증받았거든요. 그래서 아저씨 찾았던 거예요. 저희 엄마가 걱정이 좀 많았어요. 우연히 유전병에 관한 다큐멘터리를 보셨는데, 그때부터 유전병 생각만 났대요. 그래서 정자 기증자를 찾아서 확인하고 싶었나 봐요."

미래는 한숨을 쉬었다. 아이는 아이구나 싶었다. 이 아이에게 엄마에 대한 환상마저 깨 버리는 게 옳은 일일까 싶으면서도, 지금 상황에 그게 다 무슨 소용인가 싶었다.

"그건 불가능해. 정자은행을 이용한 거라면 알아낼 수가 없거든."

"세상에 불가능한 게 어디 있나요. 법적으로 안 되는 거지."

"불법으로 알아냈다는 거야?"

"어디든 브로커는 있으니까요. 돈만 주면 남의 개인정보 정도는 얼마든지 파는 사람도 많고."

영원이 거짓말하는 건지 진실을 말하는 건지 헷갈렸다. 툭툭 말하는 모습이 진짜 같기도 했고, 어떻게든 환심을 사려는 아이처럼 보이기도 했다. 정자 기증. 아빠가 의사가 되지는 않았지만 의대에 다니긴 했으니 충분히 있을 수 있는 일이었다. 그게 전부 사실이라 해도 걸리는 부분은 있었다.

"그런 거라면 친권 포기 각서가 설명이 안 돼."

"저희 엄마가 완벽주의? 뭐 그런 게 있었어요."

"친권을 주장할 수도 없는 사람한테 친권 포기 각서를 쓰라고 한다고?"

"어차피 주장할 수 없다면, 각서 하나 쓰는 게 대단한 일은 아니잖아요."

어찌 되었건 더 말해 봐야 소용없는 일이었다. 도현의 예고대로 법원에서도 사실 확인을 위한 소환장이 온 터였다. 가까운 시일 내로 기일이 정해질 거란 공문이었다. 어느 쪽이든 미래는 결정을 해야 했다.

"병은 언제 안 거니?"

"작년이요."

작년 8월 13일, 영원이 스틸 라이프에 첫 테스트를 넣은 날. 진단을 받자마자 일말의 고민 없이 안락사를 마음먹었던 걸까.

미래는 이맛살을 찌푸렸다. 순간 3년 전 그날이, 엄마의 마지막 서프라이즈가 떠올랐다. 욕지기가 올라왔다. 왜 그렇게 다들 쉽게 결정하는 걸까. 결정하고 통보하면 그만인 건가. 자신의 목숨이니 토 달지 말라고? 그런 거라면 대체 동의가 왜 필요한 거지? 당장 자리를 박차고 일어나고 싶었지만 제 손등만 만지작거리며 시선을 피하는 영원을 보니 차마 화를 낼 수가 없었다.

미래도 알고 있었다. 영원이 동의를 바란 게 아니었다. 문제는 동의를 바랄 수밖에 없게 만든 지금의 상황이었다. 누구도 예측할 수 없는 일이었다. 정자를 기증했던 아빠도, 유전병을 걱정하며 기증자를 찾았던 영원의 엄마도, 죽음을 허락해 달라고 소송을 건 영원도 미처 알 수 없는 일이었다.

얼마나 지났을까.

영원이 먼저 입을 열었다.

"궁금한 거 있으시면 다 물어보셔도 돼요. 저 괜찮아요."

궁금한 게 뭐가 있을까. 답을 듣는다고 한들 의미가 있을까. 애써 할 말을 찾았지만 딱히 떠오르는 게 없었다. 그래서 미래는 아무 말이나 내뱉었다.

"유전병인 거니?"

"그럴 수도 있고 아닐 수도 있어요. 의사도 잘 모르거든요. 왜 아픈지, 어떻게 아픈지. 곧 죽을 거다, 치료 방법이 없다, 그게 다예요."

영원은 망설이다 덧붙였다.

"같은 유전자를 공유한 사람이 검사해 봐야 알 수 있는 일이래요."

 우물쭈물하는 영원과 달리 미래는 그 부분에 있어서만큼은 별생각이 없었다. 유전에 의한 거라면 미래야말로 언제든지 정신을 잃을 수도, 신체를 잃게 될 수도 있었다.

 "유전자를 공유한 사람이 우리 아빠밖에 없는 건 아니잖아. 다른 친척은 아무도 없는 거니?"

 "어딘가 있을지도 모르지만 알 길이 없어요. 저희 엄마도 고아였거든요. 그러고 보니 고아도 대물림되는 건가?"

 영원의 대답은 해맑기까지 했다. 미래는 세상이 그렇게 불공평한 거라고, 기어코 불행을 한 인간에게 몰아주고 만다고, 그래서 나도 여기에 온 것 아니겠냐고 말하고 싶은 마음을 꾹 눌러야 했다.

 미래는 영원의 시선을 피해 고개를 돌리다 식탁 위의 약봉지를 봤다.

 "약이 없다고 들었는데……."

 "그냥 진통제예요. 받아 오긴 하는데 효과가 없어서 잘 안 먹어요. 오히려 진통제 먹는 게 병을 악화시킬 수도 있대요. 그러다 보니 쌓였어요."

 미래는 말문이 막혔다.

13번의 테스트. 13번이나 반복되었지만 정확히 기억나지 않는, 알파벳으로 된 생소한 병명. 잠을 잘 수 없어 뇌세포가 죽어 가며 신경이 하나둘 끊어지는 병. 오늘 죽어도, 3년 뒤에 죽어도 이상하지 않은 병. 얼굴에선 전혀 고통이 드러나지 않는 병.

미성년자임을 밝히지 않고 테스트했을 때, 안락사 허가 확률 98퍼센트.

98퍼센트와 7퍼센트 사이. 그 사이에서 무슨 말을 해야 하는 걸까. 그래도 살아 보라고, 혹시 모르지 않느냐고, 버티는 사이 2퍼센트의 의학 발전이 가능할지 누가 아느냐고, 그런 말을 이 아이에게 내뱉을 순 없었다.

이복동생이건 남이건.

얼마나 침묵이 흘렀을까. 영원은 도현에게 잠시 둘만 있게 해 달라고 부탁했다.

"좋은 생각이 아니야."

도현이 말했다.

"진단받은 후부터 좋은 생각은 단 하나도 없었어요. 어쩔 수 없는 일뿐이었지. 당장 죽는 것도 아니잖아요."

도현은 미래에게 괜찮겠냐고 물었다.

미래는 두려운 마음이 들었지만 여기까지 온 이상 피할 수는 없었다. 미래가 고개를 끄덕이자 도현은 집 앞 카페에서 커피 한잔하고 오겠다며 집을 나섰다. 한 시간 뒤에 돌아오겠다는 말과 함께.

숨 막히는 정적이 찾아왔다.

미래는 도현이 찾아온 지 이틀이 지나서야 지윤에게 전화를 걸어 확인을 부탁했다. 기사에서 백도현이라는 이름을 분명히 봤음에도 진짜 백도현이라는 변호사가 있는지, 영원의 소송에서 미래의 이름이 나온 게 사실인지 물었다. 지윤이 그런 사람은 없다고, 사기꾼이니 절대 믿어선 안 된다고 말해 주길 바랐지만 백도현도, 고영원도 모두 사실이었다. 오히려 영원의 비공개 요청 덕분에 아직 미래의 이름이 세상에 드러나지 않았다는 사실만 알게 되었다.

"왜 비공개 요청한 거야? 내 이름이 밝혀지면 좀 더 쉬울 수도 있었을 텐데……."

"제가 보기보다 착해요. 괴롭히고 싶진 않거든요. 주목받는 거 되게 귀찮더라고요. 현관에 선물 보셨죠? 전 주소를 밝힌 적이 없어요. 근데 매일 택배가 와요. 통장에 누가 보낸 건지 모를 돈이 들어와 있고요. 병원에는 카메라 들고 기다리는 사람도 있어요. 아, 지옥에 가게 될 거라고 혼내는 사람도 있고요."

"……힘들겠다. 근데 나는……."

"동의해 줄 수 없다는 거죠?"

미래는 차마 입이 떨어지지 않았다.

"저도 그게 맞는다고 생각해요. 언니가 제 죽음을 결정한다니 좀 웃기잖아요. 평생 얼굴도 모르고 살았는데…… 아, 얼굴을 알긴 했구나."

"얼굴을 알아?"

예상치 못했던 말에 미래는 당황했다.

"아저씨가 저를 찾아온 적 있어요. 제가 중학교 1학년 때였으니까, 4년 전쯤?"

4년 전이라면 아빠가 안락사를 결정하기 전이었다. 알츠하이머 진단을 받기 전이었을까, 후였을까. 유전될 수 있으니 알려 주기라도 하려고 했던 걸까.

"혼자 오신 건 아니고 언니 엄마랑 같이 왔었어요, 커다란 과일 바구니 들고. 아픈 사람도 없는데 왜 그런 걸 사 왔냐고 하니까 다양하게 맛보면 좋지 않겠냐고, 아줌마가 좋아하는 거라고 했어요. 믿기 어렵겠지만."

믿기 어렵지 않았다.

아빠에게 또 다른 자식이 있다는 걸 알았더라면 엄마는 그 아이를 보고 싶어 했을 거다. 그토록 큰 서프라이즈를 그냥 넘겼을 리가 없다. 당연히 과일 바구니도 샀겠지. 엄마는 과일 바구니를 좋아했다. 백화점 식품 코너에서 파는 커다란 과일 바구니. 평소에 사지 않을 과일을 먹는 방법은 그것밖에 없다고, 그렇게 월급날이 되면 자신을 위한 선물을 하곤 했다. 인생의 진짜 선물은 겪지 못한 걸 주는 거라면서.

"그때 언니 사진을 보여 줬어요. 좀 신기하긴 했어요. 하나도 안 닮았는데, 뭔가 내가 나이 들면 이렇게 될 것 같고. 바보 같죠?"

"왜 바로 찾아오지 않은 거야?"

"언니가 제 보호자는 아니었으니까요. 솔직히 말하면 법원에서 언니까지 찾을 줄은 몰랐어요."

"그래서 변호사 아저씨한테 나가 있어 달라고 한 거니?"

영원은 고개를 저었다.

"알고 있었다고 말했어요, 법원에서 밝혀낸 후였지만. 어쨌든 언니니까 그냥 잠깐 둘이서만 얘기하고 싶었어요."

"……"

"아줌마 말이 맞네요."

"아줌마?"

"언니 엄마요."

"우리 엄마가 무슨 말을 했는데?"

"우리 딸은 좀 재미가 없어. 무슨 일이 생겨도 웃을 줄 모르거든."

입가에 힘을 주고 미간을 잔뜩 찌푸리는 표정까지 흉내 내는 영원의 모습에 웃음이 나왔다.

"그래서 좀 알기 쉽긴 해. 미간만 보면 알 수 있거든. 지금 이 애가 여기에 있는 건지 다른 곳에 가 있는 건지."

그 말에 미래는 인상을 쓰고 있던 얼굴에 힘을 풀었다.

세상 모든 일이 재미있고 장난치는 걸 좋아했던 엄마와 달리 미래는 어떤 것에도 쉽게 재미를 느끼지 못했다. 듣기 싫은 말이 들릴 때면 귀를 닫았고, 보고 싶지 않은 사람이 있을 때면 눈을 감았다. 그렇게 자신만의 세상으로 갔다. 그렇다고 상상력이 풍부한 것도 아니라서 그저 멍하니 있었을 뿐이다. 어느 때는 이게 다 엄마 때문이라 했고, 또 어느 때는 그저 이렇게 타고났을 뿐이라 했다. 엄마는 매번 미래에게 웃을 필요가 있다고, 웃지 않고 살기엔 세상은 너무 빡빡

하다고 했었지만.

"우리 엄마가 널 찾아온 이유를 말해 줬었니?"

"언젠가는 혼자가 될 테니까."

심장이 덜컥 내려앉았다. 그러니까 엄마도 아빠도 병에 걸린 뒤에 찾아왔던 거구나. 그렇다 해도 이해되지 않긴 마찬가지였다. 그런 거라면 왜 미래에겐 아무 말도 하지 않았던 걸까. 언젠가 동생이 찾아올지도 모른다는 사실을 마지막 서프라이즈로 남겨 두고 싶었던 걸까.

"나도, 언니도 언젠가 혼자가 될 테니까요. 언젠가 진짜 찾아갈 사람이 없고, 세상에서 혼자 남겨진 것 같고, 아무도 도와주지 않는다는 생각이 들 때, 세상이 나를 버린 것 같을 때가 오면 언니를 찾으라고 했어요."

"……."

"사실 좀 황당하긴 했어요. 왜 아저씨도 아니고 아줌마도 아니고 언니를 찾으라는 건지. 내가 혼자가 될 거란 말이 더 기분 나쁘긴 했지만요. 그땐 우리 엄마가 아프기 전이었거든요."

"그런 사람이었거든. 할 말이 생기면 다른 사람이 어떻게 받아들일지는 생각을 잘 안 했어. 그래서 진즉에 날 찾아오지 않은 거야?"

영원은 고개를 저었다.

"혼자여서 다행이었거든요."

똑똑한 아이였다.

그러니까 시스템의 결점까지 알아낸 거겠지.

"언니가 스틸 라이프에서 근무하는 줄도 몰랐고요. 알았더라면 테스트 좀 조작해 달라고 했을 텐데. 그럼 여기까지 오진 않았을 거잖아요."

미래는 피식 웃었다.

"내가 조작해 줄 것 같니?"

"혹시 모르죠. 저한테도 살 가능성이 조금은 있거든요. 언니가 내 뜻대로 해 줄 가능성도 그 정도는 될지 모르잖아요."

이상했다.

이 모든 대화가, 지금의 상황이, 원인을 알 수 없는 버그에라도 걸린 것 같았다.

"오늘 나는 왜 보자고 한 거야? 동의를 바란 게 아니라면 더 이유가 없잖아."

"보호자가 아니라고 해 주세요."

예상하지 못했던 말이었다.

"인정할 수 없다고, 내 동생이 아니라고, 결과지를 인정할 수도 없다고."

"애초에 동의할 자격이 없다고 말해 달라는 거야? 하지만 법원에서……."

"기록이 남아 있다고 해서 진짜라는 보장은 없으니까요. 그럼 법원에서는 유전자 검사를 하자고 할 거래요."

"유전자 검사하면 어차피 밝혀질 일이야. 내가 아니라고 우긴다고 될 일이 아니야."

"유전자 검사까지 거부해 달라고 부탁하는 거예요. 친자 검사 결과가 있다고 해도 언니가 거부하고 내가 정자은행으로 태어났다는 걸 밝히면 법원에서도 언니를 법적 보호자로 밀어붙이긴 쉽지 않을 거래요. 우리가 이복자매라고 해도 진짜 가족은 아니잖아요."

엄마가 틀렸다. 영원은 세상에서 혼자가 된 기분을 느껴서가 아니라, 혼자 남겨지는 게 두려워서가 아니라, 오로지 혼자 남기 위해 미래를 찾았다. 분명 그게 최선의 방법이었겠지. 이상하게 말이 나오지 않았다.

미래는 목이 타들어 가는 느낌에 컵을 잡았지만 이미 비어 있었다.

영원이 일어나서 컵을 들고 주방으로 갔다. 냉장고 문을 열다가 말고 멈칫했다. 손잡이를 쥔 손에 힘이 들어가는 게 보였다. 미래가 놀라서 일어서려는 순간 영원이 물병을 꺼냈다. 그리곤 잔을 하나 더 꺼낸 후, 침착하게 약을 먹었다. 고통이 찾아온 걸까. 어디가 어떻게 아픈 걸까. 저렇게 침착하게 약을 먹을 수 있을 정도라면 죽지 않아도 되는 것 아닐까.

스틸 라이프를 신청하는 사람들에게 의문을 가졌던 적은 한 번도 없었다. 부모님 때문은 아니었다. 죽고 싶을 수 있었다. 더는 고통을 겪고 싶지 않을 정도로 아픈 사람들이었고, 마지막 소원이 편안하게 죽는 거라면, 당연하다 여겼다. 오히려 굳이 테스트하고 정부의 허락을 받는 절차 같은 게 이상하다고 여겼다. 지금 이 순간에도 사람은 사람을 죽이고, 아프지 않아도 사랑을 버린다. 그런데 왜 안락사만은 보호를 받아야 한다는 건가. 어째서 안락사만이 사람을 강제로 죽게 만드는 거라고 여기는 걸까.

조금도 달라진 게 없었는데, 여전히 말이 나오지 않았다. 네 뜻대로 해 주겠다는 말이, 너의 선택을 응원한다는 말이. 존중한다는 말도, 존중할 수 없다는 말도 나오지 않았다. 엄마 아빠가 결정을 내렸을 때나 낯선 사람들의 결정 사이에서도 느끼지 못했던 마음이 여러 갈래로 나뉘었다가 속에서 마구 뒤엉켰다. 두려웠다. 지금 이 아이가 갑자기 눈앞에서 쓰러질까 봐. 엄마 아빠의 안락사 시행 날짜를 기다리며 함께 지냈던 3주 동안 미래는 부모님이 웃을 때마저도 따라 웃지 못했다. 둘의 표정 하나, 손짓 하나에 세상이 무너지곤 했다. 일분일초가 불안했다. 다시는 겪지 않아도 될 거라 믿었던 그 불안이 다시 찾아왔다.

"괜찮니?"

미래는 영원이 건네는 물을 받으며 물었다.

그러자 영원이 웃으며 대답했다.

"말했잖아요. 한 번도 괜찮은 적 없었다고."

"선의의 거짓말 같은 건 전혀 모르는구나."

"아프면 좋은 게 그거 하나거든요. 괜찮은 척할 필요가 없어요. 삐딱하게 굴어도 다 받아 줘요. 학교에 안 가도 뭐라 안 한다니까요."

"그런 말은 안 하는 게 좋을걸. 처음으로 애처럼 보였거든."

미래는 아차 싶었지만, 영원은 진지하게 고개를 끄덕였다.

"인정."

"미안하지만 나도 시간이 필요해."

"인정."

또다시 고개를 끄덕이며 대답하는 영원의 모습에 기분이 이상해졌다.

만약 영원이 아프지 않았더라면, 여전히 엄마 아빠가 살아 있었더라면 만날 일이 있었을까. 지나치게 아빠를 닮은 이 아이가 눈앞에 나타났을 리 없었다. 마주 앉아 빤히 보는 일이 없었다면 아빠를 닮았다는 생각조차 하지 않았겠지.

아빠는 의대에 간 후에야 자신이 겁쟁이라는 걸 알았다고 했다. 다른 사람이 종이에 손가락을 베이는 것조차 보기 힘들어한다는 걸 3년이나 다닌 후에야 깨달았다고 했다. 인생에서 제일 후회되는 게 의대에 갔던 일이라고 할 정도로 느려도 너무 느린 사람이었다. 아빠가 가장 많이 들었던 말은 왜 의대를 관뒀냐는 거였다. 어째서 보장된 미래를 포기하고 고졸 학력으로 중소기업에 다니고 있는 거냐고. 영원의 존재를 알았을 때 더 후회했을까, 아니면 조금은 잘한 일이라 생각했을까.

대화가 끝나기 무섭게 현관 벨이 울렸다.

작은 인터폰 화면으로 도현의 얼굴이 보였다.

미래는 자리에서 일어났다.

"오늘은 이만 가 볼게."

"아저씨도 데려가 주세요. 은근 귀찮게 하거든요. 아무래도 변호사를 잘못 구한 거 같아요."

어딘가 또 아픈 건지 인상을 풀지 못하면서도 영원은 능청을 부렸다.

미래는 더 있다간 원하는 대로 다 해 주겠다는 말이 나올 것 같아 재빨리 집을 나섰다. 동생이라서가 아니었다. 눈앞에 누가 있건 똑같았을 것이다. 엄마 아빠의 마지막을 떠올리며 괴로워졌을 거다. 다시는 떠올리지 않을 거라 다짐했던 그 순간이 또다시 현실이 되어 버렸다.

도현은 미래를 집까지 데려다주겠다고 했다. 불편했지만 긴장한 탓인지 온몸에 힘이 쭉 빠져 도현의 자동차에 올라탔다. 더운 열기가 확 올라왔다. 창문을 내린 채 아무 말도 하지 않았다. 한바탕 비가 쏟아질 건지 공기가 습했다. 어쩌면 지윤의 말이 맞을지도 모른다.

보이지 않는 끈에 묶여 있는 걸지도.

"어떤 애예요?"

미래는 한참 동안 창밖을 바라보다 물었다.

"모르는 편이 낫지 않을까요? 영원이가 어떤 아이인지, 뭘 좋아하는지, 어떻게 시간을 보내는지, 그런 걸 알고 나면 더 힘들어질 수도 있어요."

"아무것도 모르는 상태로 결정할 순 없잖아요."

"알게 되면, 영원이가 원치 않는 결정을 하게 되겠죠. 변호사로서 의뢰인을 배신할 수가 없어요."

도현의 생각과 달리 미래는 확신할 수 없었다. 영원이 어떤 아이인지 알게 된다면, 조금이라도 동생이라는 생각이 든다면, 죽게 내버려두지 않겠다고 말하게 될까. 평생을 함께했던 엄마 아빠의 죽음도 막지 못했는데?

얼마나 지났을까.

도현이 침묵을 깼다.

"법적으로 보장이 되어 있는데도 불구하고, 미성년자 안락사가 왜 시행이 안 되는지 알고 계세요?"

"그야……."

"어떤 부모도 제 아이가 스스로 죽길 바라지 않으니까요. 희망이 없어도 버텨 주길 바라니까. 아이들이 아무런 판단을 할 수 없기 때문이 아니라, 판단해 버릴까 봐 무서워서. 긴병에 효자 없다는 말은 있어도, 긴병에 부모 없다는 말은 없잖아요. 생각조차 하고 싶지 않은 거예요. 내 아이가 먼저 죽는다는 걸. 심지어 제 자식을 죽고 싶을 정도로 괴롭게 만드는 부모조차 그렇게 말해요. 감히 죽을 생각을 어떻게 하냐고."

"그렇게 생각하는 분이 변호는 왜 맡으신 거예요? 질 게 뻔한 싸움을 즐기는 타입으로는 안 보이는데."

"뻔하다고 생각하지 않아요. 힘들 거란 생각은 했지만."

"이긴다고 해도 남는 게 없는 싸움이잖아요. 영원이 안락사가 시행되면 선례가 될 테고, 성공보다는 백 변호사님을 죽이고 싶어 하는 사람이 더 많아질걸요. 지금도 저희 회사 앞에는 사탄은 물러가라고 외치는 사람들이 매일 와요."

"영원이가 변호사 사무실 문을 열고 들어오자마자 소리치더라고요. 여기가 내 마지막 희망이다, 거절하면 확 죽어 버리겠다. 기세에 눌린 거죠."

미래는 자신도 모르게 피식 웃었다. 오늘 처음 봤지만 어쩐지 그 아이라면 그랬을 것 같았다. 미래를 따라 미소 짓던 도현은 이내 진지하게 물었다.

"영원이가 보호자 자격을 거부해 달라고 하던가요?"

"변호사님이 그렇게 조언했나요?"

"아니요. 영원이라면 그렇게 말할 줄 알았어요. 이기적으로 굴 거라면서도 자기 때문에 다른 사람들이 곤란해지는 걸 원치 않는 아이니까요. 특히나 언니라면 더더욱."

"둘도 없는 자매라도 되는 것처럼 말씀하시네요."

"불편했다면 사과하겠습니다. 그래도 익숙해지셔야 할 겁니다. 소송이 진행되면 두 사람이 이복자매라는 사실에만 주목할 테니까요. 가족으로 보기 힘든 관계라는 사실엔 전혀 개의치 않을 겁니다. 영원이도 그래서 더 마음이 쓰일 테고요. 진심으로 곤란하게 하고 싶진 않을 거예요. 언니가 어디 근무하는지 알면서도 아무 말 안 했을 정도니까요."

"그게 무슨……."

"제가 어떻게 그렇게 빨리 스틸 라이프로 갔겠어요. 법원에서도 직장을 공개하지는 않죠."

"영원이가 알고 있었다고요? 분명히 몰랐다고……. 설마 처음부터 저를 속인 건가요? 법원에서 저를 찾아낸 게 맞긴 해요?"

미래의 목소리가 떨렸다.

잠시지만 영원이 친근하게 느껴졌다는 게, 마음이 흔들렸다는 게 화가 났다. 두 사람의 연극에 말려든 기분이었다.

흥분한 미래의 모습에도 도현은 침착하게 운전하며 말을 이었다.

"오해하지 마세요. 저야 한미래 씨의 존재는 법원 조사 결과를 듣고 난 후에야 알게 된 거니까요. 직장은…… 우연히 영원이 수첩에서 봤어요. 스틸 라이프에 들어가는 언니를 봤다고. 거기 다니는 것까지 알고 있었는지는 저도 확실히는 몰라요. 혹시나 하는 마음에 확인해 본 거니까."

"……."

"제가 수첩을 봤다는 것도 영원인 모르고 있고요. 어쨌든 결국엔 알게 될 일이었어요. 오히려 빨리 알게 된 게 다행인 거죠. 늦었더라면 비공개 요청도 하지 못했을 겁니다."

미래는 혼란스러웠다. 나를 회사 앞에서 봤다면 이미 찾아왔었단 말일까. 그것도 엄마 아빠가 죽은 후에? 어떻게?

테스트 전이었을까, 후였을까.

영원과 도현, 두 사람의 말을 어디까지 믿어야 하는 건지 알 수 없었다. 미래는 가슴이 답답했다.

집 앞에 도착할 때가 되어서야 도현이 진지하게 말했다.

"저는 영원이랑 의견이 다릅니다. 한미래 씨가 보호자임을 인정하고 동의서에 서명해 주셨으면 합니다. 그편이 영원이한테는 훨씬 더 빠른 길이 될 테니까요."

언니

언니를 찾아내는 건 어렵지 않았다.

사실 찾아냈다는 말조차 틀렸다. 언니의 엄마는 언제든 찾아오라는 말과 함께 주소를 주고 갔다.

영원은 주소가 적힌 메모지를 일기장에 붙여 두었었다. 찾아갈 마음은 없었지만 언젠가 마음이 바뀔 수도 있었으니까. 처음으로 그 메모지를 다시 꺼냈던 건 보육원에 들어가야 한다는 사실을 알았을 때였다. 집 앞에서 몇 번이나 벨을 누를까 망설였지만, 끝내 벨을 누르지 못했다.

너무 이상했다.

사실 제가 언니 동생이에요, 그러니까 앞으로 잘 지내봐요, 할 수도 없었고, 보육원만큼은 가고 싶지 않으니 보호자인 척 좀 해 주세요, 부탁할 수도 없었다.

영원 역시 비밀 아닌 비밀이었던 출생의 비밀을 알았을 땐 당황했으니까.

분명 아빠가 한 명인 줄 알았는데 두 명이었고, 그렇다고 언니의 아빠를 '아빠'라고 부르기에도 이상했다.

정자은행이라니, 엄마의 간절함은 알겠다만 좀 웃겼다고 해야 하나. 그때 언니의 엄마가 과일 바구니를 사 들고 오지 않았더라면, 영원 역시 법원이 찾아낸 후에야 알았을 거다.

당시엔 충격적인 터라 반항 아닌 반항을 해야 할 것 같지만 태연한 어른들을 보니 유난 떠는 것도 이상한 것 같았다. 어린 영원이 봤을 땐 모든 게 이상했고, 시간이 지나도 이상하긴 마찬가지였다. 그저 이상한 일이라고 넘어갈 수 있었던 건 적어도 엄마가 있었기 때문이었다. 믿기 어려울 정도로 특이한 상황을 평범한 일처럼 말해 주는 엄마가. 하지만 언니에겐 사실을 물어볼 엄마도 아빠도 없었다.

언니의 엄마와 아빠가 과일 바구니를 들고 찾아왔던 날, 언니의 엄마는 굳이 영원의 전화번호까지 받아 갔었고 나중에 두 분이 돌아가셨을 때 단체 문자로 보이는 부고 문자를 받았다. 장례식에 가 볼까 하다가도 그 역시 이상한 일 같아 관두었다.

그렇게 언니 앞에 나타날 자신도 없었으면서 울적한 기분이 들 때면 언니의 집 근처를 맴돌았다. 저 사람이 내 언니란 말이지. 키는 비슷한 것 같고, 얼굴도 좀 닮긴 했나……? 멀리서 언니를 보고 온 날이면 괜히 거울 앞을 한참 동안 서성였다. 언니도 가지는 안 먹으려나? 강아지 알레르기가 있을까? 불쑥불쑥 궁금증이 몰려왔지만 여전히 마주할 용기는 생기지 않았다.

병을 진단받은 후에도 마찬가지였다.

언니에게 말할 수도 없었는데 학교에 가다 말고 언니 집으로 발길을 돌렸다. 차마 아파트에 올라가지도 못한 채 놀이터에서 그네를 타고 있는데 언니가 밖으로 나왔다. 그렇게 스토커라도 되는 것처럼 언니를 따라나섰다.

언니가 지하철을 갈아타고 간 곳이 스틸 라이프라는 회사라는 걸 그때 처음 알았다.

스틸 라이프, 어디서 들어 봤더라?

인터넷을 찾아보니 안락사 테스트 프로그램을 운영하는

회사였다. 어쩌면 진짜 운명이라는 게 있을까. 이유 없이 언니를 쫓았던 게 결국 끝을 알려 주기 위한 신의 계시 뭐 그런 건 아니었을까.

그날 밤 영원은 집으로 돌아와 스틸 라이프에 접속했다.

안락사 허가 가능성 테스트를 위해 필요한 서류가 무엇인지 확인한 후, AI 상담 채팅을 눌렀다.

영원은 차분히 자신의 상태를 입력한 뒤, 물었다.

- 안락사 신청을 해야 할까?

- 안락사를 결정하는 데 가장 중요한 건 본인의 자율적인 의지입니다. 스틸 라이프는 안락사 결정 자체에 대한 판단을 내리지 않습니다.

- 대신 결정해 달라는 건 아니야. 의견을 묻는 거지.

- 안락사 허가 가능성을 말하는 건가요?

- 응.

- 입력하신 데이터를 기준으로 추정된 확률은 80퍼센트 이상입니다.

그때 딱 하나 입력하지 않은 게 나이였다.

영원은 정말로 궁금했던 걸 물었다.

- 동생이 안락사한다고 하면 슬플까.

- 네, 죽음은 슬픈 일입니다.

AI의 단호한 대답에 영원은 망설이던 마음을 전부 거두었다. 굳이 한 사람을 더 슬프게 만들 필요는 없으니까. 테스트를 진행하면서 기대가 전혀 없었던 건 아니다. 혹시나 언니가 알아차리진 않을까, 신청자 이름을 보고 찾아오진 않을까, 언니의 엄마가 언제든 찾아오라고 했던 것처럼 언니에게도 동생의 존재를 말해 주지 않았을까.

언니는 전혀 모르고 있었다는 사실에 괜히 서운한 마음이 들었다. 그게 조금 웃기면서도 씁쓸했다.

도현의 차가 아파트를 빠져나가는 걸 베란다에서 확인한 뒤에야 영원은 집 안으로 돌아왔다. 곧장 주방으로 가 진통제 사이 섞여 있던 수면제 봉투를 뜯었다. 알약을 입안에 털어 넣었다.

자고 싶었다.

수면제가 통하지 않는다는 사실을 알면서도 자고 싶었다. 벌써 며칠째 깨어 있는 건지 기억나지 않았다. 잠들지 않는다고 해서 뇌가 계속해서 깨어 있는 건 아니었다. 눈치채지 못하는 사이 가수면 상태로 들어간다고 했다. 그때가 언제인지, 얼마나 그랬는지 영원은 알지 못했다. 수업을 듣다가도 살짝 멍해졌고, 그러다 보면 이내 수업 시간이 끝나 있었다. 그동안 고통만 찾아오지 않는다면 그럭저럭 견딜 만했다.

소송을 걸고 뉴스에 나온 다음 날 학교에 갔을 때 영원이 처음 마주한 반응은 의심이었다.

정말 아픈 것 맞아?

내일 당장 죽을지도 모르는 사람이 이렇게 건강할 수 있는 거야?

글쎄, 건강이라는 게 대체 뭘까.

눈앞에 나타나지 않는 고통은 고통도 될 수 없는 걸까. 변명할 필요도 없었고 화도 나지 않았다. 영원 역시 믿기지 않을 때가 더 많았으니까. 아이들이 다시 말을 걸어오는 게 신기할 뿐이었다.

엄마가 돌아가신 후 친구들은 자연스레 멀어졌다. 충격을 받진 않았다. 엄마가 살아 있을 때도 많은 이들에게는 영원을 가까이하지 말아야 할 이유가 있었다.

아빠 없는 아이.

그 수식어 앞에선 아빠가 있었다는 말도 통하지 않았다.

영원은 그렇게 오랫동안 오해 속에 살았고, 오해와 비난에 익숙했다. 죽음을 결심한 후에는 차라리 다행이라는 생각도 들었다. 누구에게도 상처 주지 않을 수 있었으니까. 그렇게 슬퍼할 사람이 없다는 건 때때로 위로가 된다. 그러니까 언니 역시 슬프지 않은 게 다행이었는데, 언니의 표정이 뇌리에 박혀 사라지지 않았다. 어쩔 줄 모르는 얼굴, 대체 무슨 말을 해야 할지 모르겠다는 그 얼굴, 차라리 울어 버리는 게 낫지 않을까 하는 그 얼굴.

영원도 그랬다. 희귀병이라는 사실을 처음 들었을 때, 눈물이 나지 않았다. 그렇다고 슬프지 않은 것도 아니라서 어떻게 반응해야 할지 알 수 없었다. 의사가 설명하는 동안 그저 멍했다. 그날 밤에도 어김없이 잠들지 못했고, 옆에서 곤히 잠든 아이를 보는데 그제야 눈물이 쏟아졌다. 왜 이런 일이 자신에게 생긴 건지 억울해서 눈물이 났다. 그렇게 며칠을 보냈다. 밤새 울고 아침이 되면 아무렇지 않은 얼굴을 꾸며 냈다. 언니 역시 좀 더 머물렀다면 울었을까. 영원의 병을 알고는 영원을 미워했던 아이도 펑펑 울었으니까. 사람들이 하나둘 영원의 상태에 적응하고, 변호사를 찾는 동안 눈물이 말랐다. 이제는 바람만 남았다. 이 모든 일이 지치니까 제발 좀 쉬게 해 달라는 바람. 그 누구도 들어주지 않는 그 바람이.

살짝 몽롱해졌지만 잠이 오지 않았다.

영원은 티브이를 틀었다. 채널을 돌리다가 몇 년 전 방영했던 예능 프로그램에 멈췄다. 벌써 몇 번이나 본 방송이었다. 출연진이 바닥에 누워서 발로 물이 가득 담긴 대야를 옮기고 있었다. 물이 쏟아지는 동시에 꺅, 비명이 들리고 원망과 웃음이 섞였다. 기껏해야 벌칙 좀 받는 게 전부인데도 인생이 걸려 있기라도 한 듯 소리치며 싸웠다. 그래서 웃겼던 장면이었다. 별것도 아닌 일에 전부를 걸고 떼쓰는 아이처럼 굴어서.

예전엔 웃음이 터졌던 장면인데, 웃음이 나오지 않았다.

어쩐지 잘 안 들리기 시작한 탓일까. 눈앞이 흐려지기 시작한 탓일까. 언니가 부탁을 들어준다면 동생이 아니라고, 절대 인정할 수 없다고 판사 앞에서 말할 터였다. 변하는 건 없었다. 여전히 혼자였고, 끝까지 혼자일 터였다.

영원은 이상하게 울고 싶어졌다.

울음을 터뜨리지 않기 위해서 눈을 질끈 감아야만 했다. 귓가에서 웃음소리가 계속 맴돌았다.

스틸 라이프

 손자가 선물했다는 카디건 주머니에는 꽃이 그려져 있었다. 침대에 기대어 아들의 손을 꼭 잡은 남자는 카메라에 시선을 맞추었다.

 "꽃다운 인생 사느라 고생 많았다고, 할아버지 마지막 여정도 꽃길이었으면 좋겠다며 선물한 거예요. 그 말을 듣는데 가슴이 철렁하더라고. 이놈이 시인이라도 되겠다고 하면 어쩌나 싶어서."

 그의 말에 가족들도, 카메라 너머에 있을 제작진도 웃음을 터뜨렸다.

기이했다.

영원을 만나기 전에 이 방송을 봤더라면 미래 역시 저들과 함께 웃을 수 있었을까.

만 100세.

아직은 거동이 불편하지도, 말이 어눌해지지도, 고통에 몸부림치지도 않았지만, 그렇기에 그는 늦기 전에 끝내고 싶다 했다. 이제야 찾아온 폐암이 자신에겐 잘 살아 냈다는 선물처럼 느껴진다고.

불과 며칠 전이었다면 그의 말이 기만으로 들리는 일은 없었을까.

그의 마지막을 위해 병원에서는 VIP 병실을 내주고, 방송국에서는 특집 다큐멘터리를 촬영하고, 가족들은 파티를 벌여 주었다.

그러니까 죽음은 축복이라고.

삶을 선택하진 않았지만 죽음은 선택할 수 있으니, 신이 자신에게 잘 살아 냈다고 상을 내리는 것 같다는 말에 박수를 보낼 수 있었을까.

웃고 있는 손자의 눈에 맺힌 눈물을 카메라가 잡는 순간 화면이 꺼졌다.

부장이었다.

"칙칙하다, 칙칙해. 점심시간에 회의실에 붙어 앉아서 죽는 거나 보고 있고. 젊음이 아깝다, 아까워. 그렇게 쓸 거면 나 줘."

"가져가시고 딱 1억만 주세요."

서우는 장난인지 아닌지 구분하기 헷갈릴 정도로 진지하게 말했다.

"고작 1억이야? 기왕 팔 거 크게 좀 불러라."

"이래서 제가 부장님 부러워하는 거라니까요. 1억 앞에 '고작'이라는 단어를 붙일 수 있는 그 경제력, 진짜 너무 부러워."

"누가 보면 연봉 적은 줄 알겠다."

"물가에 비해선 적어도 너무 적죠. 카드값 내고 나니까 개털 됐어요."

대화는 젊음에서 돈으로, 곧 아파트로, 그러다 서우의 연애사까지 이어졌다. 조금 전까지 보던 100세 할아버지의 죽음 따위는 전혀 중요하지 않다는 듯. 어쩌면 건강한 일일지도 모른다. 모든 죽음에 반응하는 사람이라면 스틸 라이프에서 근무할 수 없을 테니까. 반대로 여기서 근무해서 그렇게 됐을지도 모를 일이다.

미래와 입사 동기인 서우는 그래픽 디자이너였다. 안락사 프로그램에 디자인이 뭐 그리 중요할까 싶었지만, 서우는 기능적으로 특별할 게 없다면 오히려 더더욱 디자인이 중요하다고 말했다. 간단하고 보기 좋게 만드는 건 결코 쉬운 일이 아니라고. 안심하고 믿을 수 있게, 그러자면 편안한 디자인이 필수라는 말로 273 대 1의 경쟁률을 뚫었다. 그 말을 증명이라도 하듯 다음 해 스틸 라이프 애플리케이션은 우수 디자인으로 꼽히기까지 했지만, 서우는 사실 디자인 회사에서 디자인으로 승부를 겨룰 만한 재능이 없어서 왔을 뿐이라며 회식에서 술에 잔뜩 취해 실토했다. 보이는 것과 실체는 다르다. 고로 말하는 것과 속마음은 다르다. 그러니 자신은 절대 사기꾼이 아니라고 큰소리를 쳤다.

틀린 말은 아니었다.

스틸 라이프에 근무한다고 해서, 모두가 안락사에 찬성하는 것도 아니었다. 시스템은 시스템일 뿐이다. 어느 쪽으로든 완전무결한 곳은 없다. 그 당연한 사실이 왜 이제야 떠오르는 걸까.

"난 안락사는 절대 안 해."

부장이 말했다.

"왜요? 손주가 꽃 카디건 안 사 줄 것 같아서요?"

"손주는 무슨, 내 팔자에 손주는 없네요."

"은영이 딩크족이에요? 아니면 비혼?"

"우리 딸은 게이야."

"진짜? 은영이 여자 좋아했어요? 그럼 나 소개시켜 주지!"

"내 딸이 게이라고 했지. 바람둥이라고는 안 했다."

"부장님 절 오해하시는데, 전 바람둥이가 아니에요. 남들보다 사랑이 쬐~금 더 많은 거지. 그리고 성소수자라고 해도 아이는 낳을 수 있잖아요. 부장님이 옛날 사람이라 모르시나 본데, 이제 결혼 안 해도 정자은행 이용할 수 있거든요?"

"어떤 놈이 걸릴 줄 알고 정자은행을 막 하냐."

"저희 아빠는 했었대요."

미래가 생각 없이 툭 내뱉은 말에 두 사람은 동시에 입을 다물었다.

"결국 자퇴하긴 했지만 의대생이었거든요. 그때 기증했었나 봐요. 그렇게 생긴 아이가 지금은 18세고. 아, 16세라 해야 하나."

태연한 미래와 달리 두 사람은 어쩔 줄 모르는 기색이었다. 특히나 부장은 미간을 찌푸리며 머리를 벅벅 긁었다. 부장이 당황할 때마다 나오는 버릇이었다.

"딸 아웃팅은 마음대로 하면서, 제 얘기가 그렇게 놀랄 일이에요?"

"걘 프로필에 떡하니 레즈비언이라고 써 두는 애야. 무지개 아이콘 붙이는 수준이 아니고. 내가 밝히고 말고 할 것도 없어."

"근데 그건 어떻게 알았어? 정자 기증은 익명 아닌가?"

서우가 끼어들었다.

"세상에 비밀이 없나 보지."

"알려고 마음만 먹으면 뭔들 못 알아낼까. 멀리서 찾을 필요 있어? 정부에 소송 건 애도 있잖아. 7퍼센트."

"걔야."

그야말로 순식간에 침묵이 덮쳤다.

두 사람은 이제껏 보아 왔던 표정 중에 가장 놀란 얼굴이었다. 서우는 입을 쩍 벌렸고, 부장의 눈은 곧 튀어나올 기세였다.

괜한 말을 한 건가 싶었지만 어차피 곧 알게 될 일이었다. 영원의 뜻대로 인정할 수 없다고 보호자 역할을 거부한다고 해도, 도현의 뜻대로 안락사 동의서에 사인한다고 해도, 어느 쪽이든 알게 될 일이었다.

비공개 요청을 했다고 하지만 재판이 시작되면 누군가는 미래의 존재를 알아낼 테고, 결국엔 스틸 라이프에 근무하고 있다는 사실까지 밝혀질 터였다. 세상의 비밀은 그렇게 시시하고 또 시시하다.

굳어 있는 두 사람을 보며 미래는 고개를 내저었다. 시계를 확인하니 이미 점심시간이 끝난 후였다.

"점심시간 끝났어요."

"지금 점심시간이 문제야? 우리 팀은 회의야, 회의."

"그렇지, 회의 필요하지. 회의해야지."

부장의 말을 서우가 곧장 따라 했다.

팀 회의라고 하지만 고작 세 명만 모였을 뿐이었다. 감사 파일도 전부 넘겼으니 급한 일은 없었지만 더는 할 말이 없었다. 영원을 만나고 온 얘기를 할 수도 없는 노릇이었다. 두 사람 역시 심각한 얼굴만 하고 있을 뿐, 아무 말도 하지 않았다.

"100세 할아버지, 돌아가시는 거나 마저 볼래요?"

미래가 리모컨을 들자 부장이 곧장 빼앗았다.

"지금 살 만큼 산 노인 죽는 게 문제냐."

"문제가 아니니까 보는 거죠. 축복받을 일이라잖아요. 그리고 방금 발언 굉장히 위험해요. 노인 혐오야. 남들이 들으면 난리 나."

"얘 봐라. 안 그래도 시니컬한 애가 더 시니컬해졌네."

"아니지. 우리가 심각할 필요는 없는 거잖아요? 그냥 동생이 있었다. 그러니까 동생이 아프긴 하지만 울고불고 난리 칠 정도로 걱정이 되고 그런 건 아니지 않나? 진짜 동생도 아니잖아……?"

서우는 말을 하면서도 확신이 안 선다는 듯 말끝을 흐리며 미래의 눈치를 살폈다.

"사람 마음이 그렇게 단순한 게 아니야."

미래가 대답하기도 전에 부장이 한숨을 내쉬며 끼어들었다.

"근데 스틸 라이프라니 좀 웃기지 않아요?"

"갑자기?"

"안락사 프로그램이 스틸 라이프라는 거 좀 농간 같잖아."

"원래 인생이 다 농간이야. 틀린 말도 아니잖아. 죽음도 인생 아니야? 아니, 지금 그게 중요한 게 아니고. 얘 봐, 지금 완전 정신이 나갔잖아."

무슨 말을 해도 두 사람 앞에선 정신 나간 사람이 될 것 같았다.

"자, 일단 침착하자. 기분은 어때? 잠은 좀 잤고? 일상을 유지할 수 있을 정도야? 대화는 가능하고?"

"지금까지 잘 대화하고 있었잖아요. 두 사람이나 진정 좀 해요. 어떻게 청심환이라도 사다 줘요?"

두 사람은 짜기라도 한 듯 동시에 고개를 저었다.

두 사람이 유난 떠는 모습을 보니 백도현이 나타난 이후 처음으로 차분하게 마음이 가라앉았다. 침착한 지윤의 앞에서도 요란하고 불안하게 뛰던 심장이 비로소 제 박동을 찾은 기분이었다. 기분이라니. 기분에 대해선 한 번도 생각하지 못했다. 울고불고 난리를 치기는커녕 슬픈지 안 슬픈지조차 알 수 없었다. 황당했고, 멍했고, 충격적이었다. 그저 믿기지 않았을 뿐이다.

영원이 진짜 원하는 건 뭘까.

우연히 미래가 스틸 라이프에 근무하는 걸 알았고, 그 사실을 알면서도 모른 척하고 있었던 걸까. 그 사실을 또 우연히 도현이 발견했을 뿐이고? 말도 안 된다고 생각하면서도 말이 안 될 것도 없다는 생각도 들었다. 우연은 얼마든지 벌어진다. 우연히 마주치고, 우연히 사고가 나고, 우연히 사랑에 빠지고, 우연히 죽기도 한다. 반복되는 우연을 설명할 수 없어 필연이라는 말을 붙이고, 운명이라는 말을 붙인다. 엄마가 기어코 서프라이즈를 만들어 냈던 것처럼. 문제는 우연이든 운명이든, 우연도 운명도 아닌 고의에 불과하든 달라지는 게 없다는 거였다.

"한미래, 너도 안락사할 거야?"

서우가 뜬금없이 물었다.

"갑자기 그게 무슨 소리야. 건강한 애를 앞에 두고 못 하는 말이 없어."

부장은 호통치다시피 짜증을 냈다.

"아니, 그렇잖아요. 미래 부모님도 안락사하셨잖아요. 근데 이젠 동생까지 안락사하겠다고 나서고. 무슨 안락사 홍보 대사도 아니고."

진지한 얼굴로 엉뚱한 말을 하는 서우 때문에 미래는 웃음이 터졌다. 듣고 보니 지금 상황이 한 편의 블랙코미디처럼 느껴졌다. 안락사 홍보 대사라니. 미래는 눈물까지 훔친 후에야 겨우 웃음을 멈췄다. 그제야 걱정 어린 표정으로 굳어 있는 두 사람의 얼굴이 눈에 들어왔다.

"스틸 라이프 아이콘 되려고 그런다, 왜."

미래는 언제 웃었냐는 듯 경직된 얼굴로 농담 아닌 농담을 던졌다.

사람이라면 누구나 죽는다. 그런데 왜 주변의 모두가 기어코 스스로를 죽이겠다는 걸까. 어째서 그렇게 할 수밖에 없는 운명이 되어 버리는 걸까.

"올해 건강검진 받았어?"

부장 역시 동요했는지, 진지하게 물었다.

"작년 12월에 했잖아요. 용종 하나 없이 깨끗하게 나왔다고 부러워하셨으면서."

두 사람은 안도의 한숨을 내쉬었다.

"두 사람이 나를 이렇게 생각하는 줄 몰랐네. 감동이 막 밀려오려고 그래요? 그나저나 일 안 하고 계속 이렇게 있어도 돼요? 회사 분위기도 안 좋은데, 우리 다 잘리는 거 아냐?"

"지금 이보다 더 중요한 회사 일이 어딨다고 그래."

"그런가? 근데 미래 일이 회사 일만큼 중요하긴 하지만 회사 일은 아니지 않아요?"

"임서우야. 잘 생각해 봐. 테스트 결과를 받아들일 수 없다고 정부에 소송까지 건 애의 언니가 그 테스트 프로그램의 프로그래머다. 그 사실이 밝혀지면 사람들이 어떻게 생각하겠어?"

"미친 기막힌 우연이다? 완전 영화가 따로 없네?"

"한미래가 내부 기밀을 발설했다, 이렇게 나올 거 아냐."

갑자기 목소리를 낮춰 말하던 부장이 문득 설마 그런 건 아니지? 하는 눈빛으로 미래를 쳐다보았다.

"일주일 전에 누가 저 찾아왔던 거 기억하세요? 부장님이 말없이 어디 갔다 왔냐고 했던 날."

"설마 동생이 회사까지 찾아왔었어?"

미래는 움찔했다. 동생이라는 단어 자체만으로 온몸이 얼어붙는 기분이었다. 익숙해져야 한다. 앞으로 몇 번이고 듣게 될 말이었다. 그렇게 몇 번이고 속으로 되뇐 후에야 가까스로 정신을 차렸다.

"소송을 맡은 변호사가 찾아왔었어요. 저도 그때 알게 된 거예요."

"다행이네. 다행이야."

머리가 지끈거렸다.

동의서에 서명하든 안 하든, 이복자매라는 사실을 인정하든 안 하든 부장의 말이 맞았다. 사실이 드러나면 가장 먼저 의심받을 사람은 미래였다. 아니라는 사실을 확인하기 위해서라도 회사에선 감사가 나올 테고, 결국 미래가 영원의 테스트 기록을 확인했다는 사실은 드러날 터였다. 지시였든 뭐든 테스트 기록도 전부 지워 버렸으니, 잘못하다간 그 역시 뒤집어쓰게 될지도 모를 일이었다. 모든 일이 벌어진 후라는 것 따윈 신경 쓰지 않겠지. 회사로선 개인의 일탈로 몰아붙일 수도 있을 테고, 지윤의 오랜 바람대로 결국 회사를 관둬야 할지도 모른다. 어디까지 얼마나 여파가 미칠지 알 수 없는 일이었다.

"그래서 어떻게 하기로 했어?"

"아직 결정 못 했어요."

"다행이네. 절대 사인하면 안 돼."

"왜요?"

"사인하는 순간, 네 인생도 끝장날 테니까."

부장은 지금까지와는 달리 심각하게 말했다. 말 그대로 세상이 끝나기라도 할 것처럼.

하고 싶은 일

"버티는 게 능사는 아니야. 사회 지원 팀에 알아볼게."

의사가 걱정스레 말했다.

수면제도 듣지 않으니, 수술실에서나 하는 마취를 통해 잠을 재운다. 그렇게 자는 동안 마취제가 이상을 일으키지 않는지 기계를 연결하고 지켜본다. 지금으로선 수명을 연장하는 유일한 방안이었다.

희귀병답게 보험이 적용되지 않았고, 하룻밤 자는 데만도 몇백만 원이 깨졌다. 그것 말고도 영상 검사비에 입원비에 이것저것 다 하면 이틀 만에 천만 원도 뚝딱이었다.

"저도 몇 번은 할 수 있어요. 법원에서 집 파는 건 허락해 준대요. 그 돈까지 다 쓰면 죽게 해 주는 건가? 좀 웃기지 않아요? 죄다 허락할지 말지 남이 결정하는 거."

영원은 진료실 책상 위에 있는 고양이 인형을 만지작거리며 말했다. 당연하게도 영원에게 집을 팔 마음이 전혀 없다는 걸, 그러니까 치료는 받지 않겠다는 뜻이라는 걸 알아챈 의사는 체념하듯 말했다.

"적어도 소송 결과 나올 때까진 버텨야 할 것 아니야."

"왜요? 어차피 죽을 건데, 그 전에 죽으면 다들 편하고 좋지 않아요?"

"그렇게 생각하는 애가 소송을 걸어? 마음에 없는 말 하지 마."

대화 중에도 의사의 시선은 모니터 화면에 고정되어 있었다. 화면에는 일주일 전 찍었던 뇌 자기 공명 영상이 띄워져 있었다.

의사는 심각한 표정으로 화면을 확대했다.

영원 역시 아프지 않았다면 의사가 될 수도 있었을까. 유전적 영향이 있었다면 가능하지 않았을까. 똑같이 의대를 갔다가 포기했을지도 모른다. 하루 종일 아픈 사람만 보고 있으면 우울할 것도 같았다.

"아픈 사람만 보면 우울하지 않아요?"

"아픈 사람만큼 낫는 사람도 보거든? 바빠서 우울할 틈도 없고."

의사 역시 영원의 시니컬함에 꽤나 익숙해진 터였다. 의사는 화면에서 눈을 떼고 영원을 빤히 쳐다보았다.

"우울하다고 하면 치료할래?"

"지금도 치료받고 있잖아요. 병원도 꼬박꼬박 오고."

"이건 확인이지, 치료가 아니야."

"하루 잔다고 해서 치료되는 것도 아니잖아요."

"연명 치료도 치료야."

"강의 듣는 거 지루해요."

의사는 잔소리하려다 말고 다시 화면으로 시선을 돌렸다. 그리고 차트에 기록하기 시작했다.

"지난번 수면제는 어땠니?"

"별로였어요. 잠이 들락 말락 안 들더라고요. 속만 울렁거리고, 새벽에 엄청 토했어요."

의사의 미간이 찌푸려졌다.

재밌는 일이다. 어른들은 나름 표정을 감추고 사는 것 같지만 딱히 그렇지만도 않다. 미간을 찌푸리건, 입을 앙다물건, 얼굴을 붉히건 어떻게든 제 감정을 드러내는 건 마찬가지였다. 그저 어른들에겐 지금 당신의 표정이 변했다고, 다 드러난다고 말하지 않을 뿐이었다. 그 사실을 어른들만 모르는 것 같았다.

"다른 걸로 먹어 보자."

"그 말 있잖아요. 잠은 죽어서 자라는 말. 전에는 그 말이 되게 웃겼거든요. 잠은 죽어서 자라니. 근데 생각해 보니 저주 같아요. 사람들은 모르겠죠? 그 말이 저주라는 거?"

"그런 뜻으로 하는 게 아니니까."

"저도 그건 알아요. 뜻 같은 게 하나도 중요하지 않을 뿐이지."

의사는 결국 한숨을 내쉬었다.

진단을 받은 후 달라진 건, 사람들의 시선뿐만이 아니었다. 영원과 대화할 때면 사람들은 의식하지 못한 채 한숨을 내쉬었다. 안타까움에, 답답함에, 어쩔 수 없음에 몇 번이고 숨을 토해 냈다. 의사는 영원이 만난 사람 중 가장 담담했지만 그래도 진료 중 한 번은 꼭 한숨을 내쉬곤 했다.

미국에서 유학하고 4년 전에 귀국한 신경외과 의사 김인영,

뇌 수술 전문으로 희귀병에도 일가견이 있다고 했다. 병원 네 곳을 거치고 만난 의사로, 안락사 진단서를 처음으로 써 준 의사였다. 이 아이에겐 희망이 없다는 말을 김인영이 아니었다면 다른 의사들 역시 쉽게 써 주지 않았을 테고, 진단 역시 받지 못했을 터였다. 원인을 알 수 없으니 치료는 물론 진단조차 할 수 없다는 다른 의사들과 달리 김인영은 죽을 때까지 자신을 찾아오겠다고 약속하면 진단서를 써 주겠다고 했다. 테스트를 위해선 진단서가 꼭 필요했다. 그때 약속이 아니었다면 아직까지 병원에 오진 않았을 터였다.

"저로 논문 쓸 거예요?"

영원의 뜬금없는 질문에 의사는 어이없다는 듯 웃었다.

"드라마에서 보면 의사들 사례 논문 그런 거 쓰던데요? 그래서 치료받으러 오라고 한 거 아니에요?"

"언젠가 쓸 수도 있겠지. 지금으로선 딱히 쓸 말이 없어. 약간의 차도라도 있어야 논문도 쓰지. 수술할 방법이라도 찾으면 노벨 의학상도 노려볼 만할 텐데 말이야."

이래서 김인영이 좋았다.

솔직하고 유머도 있었으니까. 진단을 받고 난 후에는 누구도 영원에게 농담을 던지지 않았다. 마치 농담이 영원을 쓰러뜨리기라도 할 것처럼, 영원이 무슨 말을 해도 심각한 표정을 풀지 못했다. 그래서일까. 진료실에서만큼은 영원 역시 마음껏 솔직할 수 있었다.

"그러고 보면 의사도 참 못 할 짓이네요."

"알면 말 좀 잘 듣자."

"다른 사람 말 들어줄 시간이 없긴 해서요."

"그 아까운 시간에 네가 하고 싶은 건 뭔데?"

예상치 못했던 질문에 영원은 말문이 막혔다.

하고 싶은 게 있었던가?

소송을 걸고, 안락사를 허가받고…… 그것밖에는 생각이 없었다. 죽을병에 걸린 건 맞지만 죽을 날만 바라고 있다는 게 새삼 이상하게 느껴졌다.

"수액 맞는 동안 생각해 봐."

"수액 꼭 맞아야 해요? 누워 있기 싫은데."

"잠을 못 자서 몸의 영양 상태가 얼마나 무너져 있는지, 또 강의 듣고 싶진 않을 거 아냐. 시간도 없는데."

짓궂은 의사의 말에 영원은 어쩔 수 없이 알았다고 한 뒤 병실을 나왔다. 어쨌든 처음으로 손을 잡아 준 사람이었다. 한미래가 아닌 김인영이 언니였다면 동의서에 서명해 줬을까. 이 아이에겐 희망이 없으니 죽게 해 달라고 했을까. 아니면 기어코 기계를 연결하고 누워 있게 했을까. 안락사를 신청한 후로 다른 사람들에게 궁금한 건 딱 하나뿐이었다. 이 사람은 어떤 선택을 해 줄까.

영원은 간호사를 따라 안정실로 간 뒤, 침대에 누워 수액을 맞았다.

40분.

40분 동안 꼼짝 않고 누워 있어야 했다.

영원은 어렸을 때부터 딱히 하고 싶은 게 없었다. 장래 희망 같은 걸 품어 본 적도 없고, 엄마에게 놀이동산을 가자고 졸랐던 적도 없다. 그렇다고 아무것도 되기 싫었던 건 아닌데, 늘 뭔가를 원하지 않았다.

엄마는 그런 영원을 꽤나 답답해했었다.

엄마는 늘 하고 싶은 게 많은 사람이었으니까. 죽기 전에도 마찬가지였다. 병원에서 나가기만 하면, 집 앞 국밥집에 가서 순대국밥도 먹고, 새벽 꽃 시장에 가서 장미꽃 한 다발도 사고, 사 놓고 아까워서 입지 못하던 원피스도 입고, 딸이랑 같이 심야 영화도 보고, 영원이 20세가 되면 함께 유럽 배낭여행도 가고 싶어 했으니까. 엄마가 줄줄이 하고 싶은 일을 늘어놓을 때 영원은 듣고만 있었다. 영원이 바라는 건 딱 하나뿐이었다. 엄마가 퇴원하는 것. 암이 완치되어 살아남는 것. 그래서 대답할 수 없었다. 그 말을 했다간 엄마가 미안하다며 펑펑 울어 버릴 테니까. 잘못한 것 하나 없으면서 잘못했다고 용서를 구할 테니까.

원하는 게 있어야지. 하다못해 어른이라도 되고 싶어야 하는 거 아니야?

어른이야 시간이 지나면 저절로 되는 건데, 되고 싶어 할 필요가 있어? 대답했었는데, 그때는 몰랐다. 어른이 될 수 없는 사람도 있다는 걸. 결국 안락사 허가도 못 받고 병이 호전되지도 심해지지도 않은 채 죽지도 못한다면, 어른이 될 수 있을까. 그때가 되면 어른이 되었으니 마음껏 죽을 수 있겠다고 좋아할 수 있을까.

영원은 미래가 어떤 결정을 내릴지 궁금했다.

영원의 부탁을 들어줄까. 도현은 좋은 방법이 아니라고 했다. 시간이 오래 걸릴 거라고. 동의를 받는 게 최선이라고. 하지만 영원으로선 모험을 할 순 없었다. 만약에. 그러니까 만약에 영원을 진짜 동생으로 받아들인다면⋯⋯ 그래서 안락사에 동의할 수 없다고 법정에서 말한다면⋯⋯ 그때는 일말의 가능성도 사라질 것이다. 그럴 바에야 차라리 지금처럼 알 수 없는 서운함을 느끼는 게 나았다. 시간이 오래 걸린다 해도 서로의 인생을 망치지 않기 위한 유일한 방법이었다.

영원은 링거가 꽂혀 있지 않은 팔로 휴대폰을 꺼냈다.

인터넷 창을 켰다. '하고 싶은 일'이라고 검색했다.

세계 일주, 스카이다이빙, 우주여행처럼 거대한 소망부터 강아지 키우기, 바다 수영하기 같은 소박한 바람도 있었고, 남자 친구 사귀기, 사랑하는 사람이랑 결혼해서 평생 행복하게 살기처럼 혼자서는 할 수 없는 일도 있었다.

딱히 감흥이 일지 않았다.

아픈 사람을 보면 많은 사람이 그런다. 앞길이 창창한데, 할 일도, 하고 싶은 일도 많을 텐데, 마치 열망으로만 가득 찬 사람처럼 대신 슬퍼하고 대신 안타까워한다. 기어코 후원금을 들이밀며, 살아 볼 의지를 품으라고 하는 것도 그래서일 것이다. 지쳐서 아무것도 하고 싶지 않다는 말은 왜 안 듣는 걸까. 믿을 수 없는 걸까, 믿고 싶지 않은 걸까.

영원은 문득 궁금해졌다.

엄마는 정말 한순간도 죽고 싶지 않았을까. 조금은 지치지 않았을까. 이래서 가만히 누워 있는 게 싫었다. 겨우 잊었던 생각들이 기다렸다는 듯 쏟아져 나왔다. 그렇게 또 엄마가 보고 싶어졌다.

정확히 40분이 지나자 수액 병이 비었다.

침대맡에 있는 벨을 누르자 간호사가 들어와 바늘을 빼주었다. 처음 보는 간호사였는데, 간호사는 영원의 눈을 보지 못했다. 시선이 마주치자 서둘러 고개를 돌렸다. 영원의 사정을 들은 모양이었다.

대체로 두 부류였다. 지금처럼 안타까움에 차마 영원을 보지 못하는 사람과, 그 안타까움을 감추지 못해 손을 부여잡고 놓아주지 않는 사람. 영원으로선 전자가 훨씬 편했다. 적어도 괜찮다는 거짓말은 안 해도 되니까.

수납을 마치고 병원에서 나올 때였다.

구급차에서 뛰어내린 구급 요원들이 비켜 달라고 외치며 다급하게 들것을 밀고 갔다. 환자는 구급 요원들에 가려져 보이지 않았다. 영원은 자신도 모르게 응급실로 발을 돌렸다.

의사들이 달려와 심폐 소생술을 시작했다. 이내 제세동기를 든 의사가 전기 충격을 시도했다. 모든 게 정신없이 진행됐다. 곧이어 심전도 모니터에서 삐— 하는 소리가 울렸다.

환자를 둘러싸고 있던 의사와 간호사 들이 팔을 힘없이 떨구었다.

"여기 있으면 안 돼."

응급실 간호사의 말에 영원은 정신이 들었다.

누군가 죽는 모습을 보는 건 처음이었다.

영원은 엄마의 임종을 지키지 못했다. 수업 중간에 담임 선생님이 들어와 가방을 싸서 나오라고 했다. 복도로 나가자 얼른 병원으로 가라고 했다. 왜 가야 하는지 말하지 않았다. 그저 어쩔 줄 모르는 얼굴로 곧장 병원으로 가라는 말만 반복했다. 택시비까지 손에 쥐여 주면서.

그때 알았다.

엄마가 이미 세상을 떠난 후라는 걸.

멍하니 서 있던 영원은 그제야 자신이 하고 싶은 걸 알 것 같았다. 유일하게 하고 싶었던 일. 유일하게 할 수 있는 일. 지금 이 순간 부러워서 미치겠는 일. 영원은 재빨리 진료실로 발걸음을 돌렸다.

진료실에는 오늘 진료가 끝났다는 안내문이 걸려 있었지만 영원은 아랑곳하지 않은 채 문을 열었다.

"알았어요. 뭐가 하고 싶은지."

의사는 놀란 기색도 없이 담담하게 물었다.

"뭔데?"

"죽고 싶어요."

영원은 망설임 없이 말했다. 엄마 곁으로 가고 싶었다. 언제 어디서든 당당하게 어깨를 펴라고 말하던 엄마가, 고통스러운 항암 치료를 끝낸 후에도 활짝 웃어 보이던 엄마가, 내 딸이니까 내 성을 물려줬을 뿐이라고 말하던 엄마가, 고은수라는 이름보다 엄마라는 호칭이 더 좋다고 말하던 엄마가 보고 싶었다.

의사는 씁쓸한 미소를 지었다.

"그건 하고 싶은 게 아니야. 어쩔 수 없는 체념이지."

적

인터넷은 시끌벅적했다.

죽게 해 달라고 정부를 상대로 소송을 건 18세 여자아이.

그 아이를 불쌍하게 여기는 이들과 마녀의 환생이라도 마주한 것처럼 분노하는 이들, 그리고 차라리 어른이 되는 게 빠를 거라며, 역시 어려서 어쩔 수 없다고 손가락질하는 이들. 많은 이들이 영원을 무기 삼아 서로를 찌르며 싸우고 있었다.

법원에서는 소송의 진행 상황을 밝힐 수 없다고 입장을 냈고, 정부에서는 법적으로 미성년자에게 안락사법이 막힌 것이 아니므로 입장을 밝힐 필요는 없다고 선을 그었다. 그리고 회사에서는 법적인 프로토콜에 의해 테스트 결과가 나올 뿐, 조작은 있을 수 없는 일이라고 자료를 뿌렸다. 모두가 제각각 할 수 있는 말을 할 뿐이었다. 어느 하나 거짓이 없었는데, 이상하게 모든 게 거짓말처럼 느껴졌다. 때때로 비겁함은 그렇게 거짓의 얼굴을 한다.

영원의 집에 다녀온 지 열흘이 지났다. 영원은 물론 도현에게서도 연락이 없었다. 처분을 기다리는 사람들처럼 조용했다. 금세 정해지리라 생각했던 소환일 역시 정해지지 않았다.

미래는 몇 번이고 메시지를 쓰고 지우기를 반복하다 관두었다.

이대로 모른 척 넘어갈 수 있을까.

처음부터 아무것도 듣지 않았던 것처럼, 아는 바가 하나도 없었던 그때로 돌아갈 수 있을까.

'네 인생도 끝장날 테니까.'

부장의 말이 머릿속을 떠나지 않았다.

정말 끝장날까.

아픈 아이의 손을 잡아 준 것뿐이라고 이해해 줄 사람은 단 한 명도 없는 걸까.

미래는 스틸 라이프 홈페이지에 들어갔다.

'라이프 프렌드' 배너를 누르자, 안락사 상담 AI 프로그램이 시행되었다. 안락사 신청을 위한 테스트가 아니더라도 안락사에 관한 이야기를 나눌 수 있는 대화 프로그램이었다. 안락사에 대한 모든 정보가 데이터베이스로 등록되어 있었고, 나누는 대화들 역시 실시간 암호화되어 저장된다.

\- 무엇을 도와드릴까요? 편하게 말씀해 주세요.

\- 가족이 안락사를 원해. 내가 동의해 줘야 할까?

\- 본인의 뜻이라면, 존중해 주는 것이 맞습니다. 생명에 대한 자기 결정권은 법적으로 보장된 권리입니다.

\- 동생이라도?

\- 동생이어도 마찬가지입니다. 가족에게는 슬픈 일이지만, 안락사에서 가장 중요한 건 본인의 의지이고, 그것은 존중받아야 합니다.

\- 미성년자라고 해도?

\- ……………………………

순간 프로그램에 버퍼링이 걸렸다. 동그란 점이 계속해서 반짝일 뿐, 대화는 이어지지 않았다.

미래가 프로그래머가 된 건 재밌어서가 아니었다. 특별히 수학을 잘하는 것도 머리가 뛰어난 것도 아니었다. 그래도 분명한 답이 있어서 좋았다. 잘못된 지점이 어딘지 정확히 찾아낼 수 없을 때도, 분명 모든 게 잘 돌아가야 마땅한데 돌아가지 않을 때도 반드시 원인이 있을 거라는 확신이 있었다. 그 확신이 미래를 안심시켰다. 괜찮다고, 시간만 들이면 될 뿐이라고, 다시 또다시 확인하면 언젠가 그 지점이 기어코 나타날 거라고.

당연히 프로그램화된 버퍼링일 터였다. 영원이 받은 테스트가 반드시 7퍼센트로 나오게 조정되어 있는 것처럼 미성년자라는 명령어에는 아무 대답도 할 수 없도록 프로그램이 짜여 있을 것이다. 버퍼링을 참지 못한 사람들이 결국 창을 닫을 수밖에 없도록.

- 동생이긴 하지만 친동생은 아니야. 그동안 못 보고 살았어.

- 안락사법에 따르면, 혈연이나 친밀도와 관계없이 보호자의 동의가 필요한 경우가 있습니다. 본인의 의사가 분명하고 요건을 충족한다면, 동의 절차는 진행되어야 합니다.

AI는 조금 전 '미성년자'라는 단어는 전혀 인식하지 못했다는 듯 대답했다. 못 보고 살았다고 해도 동의해 줘야 한다니. 계속해서 보고 살았다면, 가족처럼 지냈다면 좀 더 쉬웠을까. 반대로 완전한 남이라면 쉬웠을까.

미래는 더 물어보려다 이내 관두었다.

똑같은 말만 반복될 뿐이다. 조건만 맞으면 동의해 주어야 한다. 다른 프로그래밍은 없었다.

모든 게 허상처럼 느껴졌다.

정답인 듯 말하지만 지시가 없다면 아무것도 결정할 수 없는 한낱 프로그램일 뿐이었다. 결국 사람들은 기계에 지배를 받는 게 아니라 그 기계를 조정하는 이들에게 지배받을 뿐이다. 알고 있었는데…… 어째서 기어코 질문해 버린 걸까. 바보처럼 해답을 찾아 줄지도 모른다고 기대해 버린 걸까.

컴퓨터를 끄고 자리에서 일어나려는데 휴대폰이 울렸다.

- 오늘 저녁 약속 잊지 마.

지윤이었다.

저녁 약속, 지윤의 예비 신랑을 만나서 인사를 나누고 청첩장을 받는 자리. 사진으로는 많이 봤지만 만나는 건 처음이었다.

20대 때 지윤은 미래의 부모님 같은 사랑을 꿈꿨다. 소꿉친구인 애인을 만나는 건 포기했지만, 긴 연애를 하고 행복한 결혼 생활을 할 거라고. 그렇게 매 연애에 '죽을 때까지, 포에버!'를 외쳤다. 길어야 6개월이었다. 보통은 100일 안에 끝났고, 길어도 반년을 넘기지 못했다. 미래의 엄마 아빠가 돌아가신 뒤로는 더는 연애 이야기를 꺼내지 않았다. 그러다 올해가 되어서야 1년째 누군가를 만나고 있다고 고백했다. 지윤은 만나 보지 않겠냐 물었다. 미래는 네가 정말 결혼할 때가 되면 보겠다며 만남을 미뤘다. 얼마 지나지 않아 지윤은 프러포즈를 받았다고 했다. 요즘 상황이 상황이니만큼 화기애애하게 웃으며 대화할 기분은 아니었다. 그렇다고 거절할 수도 없는 노릇이었다. 동생이라 부르기도 어색한 아이 때문에 유일한 친구를 저버릴 수는 없었으니까. 알겠다고, 걱정하지 말라고 답장을 보냈다.

미래는 거실로 나왔다.

42평 아파트.

엄마 아빠가 평생에 걸쳐 모은 돈으로 남긴 유일한 재산. 약간의 예금도 있었다, 상속세를 내고 나자 집만 남았을 뿐. 두 사람이 들어 둔 생명보험도 있었는데 안락사를 시행했다는 이유로 보험금 지급은 반려되었다. 두 사람 모두 병원 진단 기록이 있었고, 안락사를 시행하지 않았어도 죽음을 맞이할 수밖에 없었지만 보험회사에서는 10퍼센트의 가능성, 안락사를 거부당할 수 있는 그 10퍼센트를 걸고넘어졌다. 대체로 '안락사는 마지막까지 삶을 지켜 내려는 존엄사'라고 했지만, 보험회사만은 반기를 들었다. 존엄을 택하는 대신 삶의 가능성을 스스로 내버린 것이라고. 지윤은 소송을 걸자고 했지만 미래는 포기했다. 지난한 싸움을 하고 싶지 않았고, 싸울 에너지도 없었다. 아니, 조금은 동의하기도 했다.

어째서 엄마 아빠가 10퍼센트에 걸지 않았는지, 누군가는 2퍼센트의 확률에도 살아 보겠다고 난리를 피우는데 왜 조금도 애쓰지 않았던 건지, 삶을 끝내기로 했을 때 왜 자신은 생각하지 않았던 건지 이해하고 싶지 않았다.

받을 돈이 얼마였더라.

문득 떠오른 생각에 미래는 엄마 아빠가 쓰던 안방으로 들어갔다. 화장대와 수납장 위에는 먼지가 자욱했다. 옷장 속 서랍을 뒤져 보험증서를 꺼냈다. 보험료 3억. 두 사람 합쳐서 6억. 세금을 뗀다고 해도 적지 않은 돈이었다. 그 돈을 받았어야 했던 걸까. 그랬더라면 영원에게 몇 달이라도 더 버텨 보라고 건넬 수 있었을까. 그렇게까지 할 필요는 없었지만 지금의 고통에서 벗어날 수 있다면 그 정도 대가는 괜찮은 것 아닐까. 동생이 아닌 그저 가여운 아이를 돕는다고 생각하면 되지 않을까.

언젠가 그런 글을 본 적이 있다.

안락사를 하는 사람들은 진짜 안락사를 원하는 게 아니라고. 그저 어쩔 수 없는 선택을 할 뿐이라고. 돈이 없어서, 희망이 없어서, 그럼에도 불구하고 버텨야 할 이유가 없어서. 그러니까 그 아이에게 이유를 주면 되는 것 아닐까. 이유를 줄 테니 나를 그만 놓아 달라고 하면 되는 것 아닐까.

집을 팔면 얼마나 나올까.

그렇게 어른이 될 때까지, 터무니없이 비싼 치료비를 해결해 주면 지금 상황에서 벗어날 수 있을까.

후원금은 터무니없이 들어와요. 천 원, 만 원씩 보내는 그 돈이 어느새 보면 몇천만 원이 되어 있어요. 죽을 때까지 약값을 대 주겠다고 하는 기업도 있었고요. 다 돌려주려고 해도 돌려줄 길이 없어서 통장을 전부 없앴어요.

인터뷰에서 돈 때문에 안락사를 하려는 게 아니라며 영원이 한 말이었다.

 모르는 사람이 주는 돈이랑 미래가 주는 돈은 다르다고 할 수 있을까.

 영원은 그 돈을 자신의 병원비로 쓰지 않은 채 보육원에 기부했다고 했다. 거기까지 떠오르자 갑자기 화가 났다. 돈은 돈대로 받고, 아픈 아이를 집으로 돌려보냈다니. 안락사 동의서에 서명하지 않는 것과는 전혀 다른 문제였다. 어떻게 죽어 가는 아이를 내칠 수가 있을까.

 보육원의 이름을 알아내는 건 어렵지 않았다.

 영원이 보육원을 나온 뒤에도 원장은 줄곧 인터뷰에 응했다. 아이들의 의료를 포함해, 여전히 세상의 도움과 관심이 필요한 영역이 많다고 했다. 그 관심이 누군가에게는 해당하고, 누군가에겐 가당치도 않은 것이라면 가치가 있긴 한 걸까.

 평일 오후의 보육원은 조용했다.

 아직 학교에 갈 나이가 아닌 어린아이들이 교실에 모여 수업 아닌 수업을 받고 있었다. 솔직히 말하면 원장이 거절할 줄 알았다. 전화를 걸어 영원이 일로 만나고 싶다고 말했을 때 원장은 오후 3시쯤 방문하면 괜찮을 거라 했다. 그 태연함에 화가 났으면서, 막상 보육원까지 오니 만나서 무슨 말을 해야 하는 건지 머릿속이 새하얘졌다. 어떻게 아픈 아이를 내쫓을 수가 있는 거냐고, 그 아이가 불쌍하지도 않으냐고, 그러고도 감히 영원에게 온 후원금을 당신이 받을 자격이 있냐고 따져 물을 생각이었다. 페인트칠이 다 벗겨진 허름한 건물에, 오래된 나무 신발장이 놓인 보육원 환경을 보기 전까지는 그랬다. 미래는 할 말을 잃었다. 무엇보다 무슨 자격으로? 시간이 지나면 미래 역시 영원을 동생으로 인정할 수 없다고, 언니가 아니라고 주장할 것 아니었던가.

원장실은 복도 끝에 있었다.

다른 교실과 마찬가지로 작은 유리창이 달린 나무문이 있었다. 들어가 보니 내부 역시 소박했다. 평범한 책상, 낡은 소파, 테이블이 전부였다. 흔한 화초 하나 없는 방이었다. 책상에 앉아 있던 원장이 고개를 들었다. 티브이에서 본 것보다 피곤해 보였다. 얼굴에는 화장기가 전혀 없었고, 어깨까지 오는 단발머리엔 드문드문 흰머리가 보였다. 깨끗하게 다려진 셔츠 역시 유행이 한참이나 지난 옷이었다.

"전화하신 분 맞죠?"

원장은 인자하게 웃으며 자리에서 일어났다.

"네, 한미래라고 합니다. 영원이……."

언니라는 말이 나오지 않았다.

아무렇지 않게 언니라는 호칭을 써도 되는 걸까. 이복자매 관계, 아빠의 정자 기증으로 태어난 영원의 언니, 안락사 소송 때문에 만나게 된 자매. 그 모든 설명을 제쳐 두고 영원의 언니라고만 해도 되는 걸까.

"언니시죠. 앉으세요. 차 좀 드릴까요?"

대답을 하기도 전에, 원장은 앉아 있으라는 듯 손짓을 하고 원장실을 빠져나갔다.

미래는 소파에 앉아서 멍하니 창밖을 바라보았다.

어느새 밖으로 나간 아이들이 시끌벅적하게 떠들었다. 칠이 다 벗겨진 정글짐을 오르는 아이들과 선생님 옆에 딱 붙어 있는 아이들이 보였다. 그 광경에 미래는 원장의 마음을 알 것 같았다. 이 풍경을 차마 망칠 수가 없었을 것이다. 카메라를 들이밀며 찾아오는 기자들, 그들로 인해 아이들의 얼굴이 기사에 도배되는 걸 두고 볼 순 없었을 것이다.

몇 분 지나지 않아 원장이 돌아왔다. 테이블 위에 쟁반을 올려놓았다. 쟁반에는 얼음을 넣은 보리차 두 잔이 놓여 있었다.

"보리차밖에 없어서 미안해요. 아무래도 아이들 입맛에 맞춰서 사다 보니, 다른 차는 안 사게 되네요."

"괜찮습니다."

미래는 말없이 보리차를 마셨다. 흥분했던 마음이 가라앉자 이성을 잃고 여기까지 찾아온 게 후회스러웠다.

"전 준비됐어요."

"네?"

"저 혼내러 오신 거 아닌가요?"

"제가 무슨……."

당황한 미래와 달리 원장은 차분했다.

"영원이를 내보냈을 때부터 각오하던 일이었어요. 그로 인한 비난은 전부 감수하겠다고."

"……"

"선생님들 사이에서도 의견이 분분했어요. 영원이가 성숙한 아이이긴 해도, 어쨌든 아이 아니냐. 어떻게 내보낼 수가 있겠느냐. 무엇보다……."

"언제 죽을지 모르니까요."

미래는 원장이 차마 끝맺지 못한 말을 이었다.

금세 원장의 눈에 눈물이 차올랐다. 매정해 보이기까지

하던 인터뷰 영상과는 전혀 다른 모습이었다. 가만히 그를 보고 있는데, 십자가 목걸이가 눈에 들어왔다.

"안락사에 반대하시나요?"

원장의 손이 곧장 목걸이로 갔다. 원장은 십자가를 만지작거리며 창밖으로 시선을 돌렸다.

"여기에 있으면 신의 존재를 믿지 않게 되죠. 저 아이들에게 무슨 잘못이 있어서 여기에 왔겠어요. 있다 해도 대가를 치를 나이도 아닌걸요. 예전엔 신을 원망했어요. 원망하고 또 원망하다 보니, 결국엔 신의 가호를 바라게 되더라고요. 이제부터라도 저 아이들을 지켜 달라고. 저 아이들만 지켜 주면 내가 다시 당신을 믿어 보겠다고."

"그래서 믿게 됐나요?"

"노력 중이에요. 쉽진 않네요."

원장은 씁쓸한 미소를 지은 뒤 물었다.

"영원이는 어떻게 지내나요?"

"저도 잘 몰라요. 한 번 만난 게 전부라서."

"영원이답네요. 피해 주는 걸 누구보다 싫어했으니까. 사실 보육원을 나가고 싶다고 했던 것도 영원이에요. 변호를 맡아 줄 사람을 찾았다면서 그러더군요. 이제부터는 시끄러워질 거라고. 그러니까 보호자 자격을 포기해 줬으면 좋겠다고."

"기사에서는 분명 원장님이 나가 달라고 했다고······."

"그편이 영원이가 원하는 걸 이루는 데 도움이 될 테니까요. 제가 있었다면 걸림돌이었겠죠. 저 아이들을 위해서라도 저는 반대할 수밖에 없어요."

"영원이 안락사······ 반대하셨나요?"

원장은 고개를 저었다.

"반대도 동의도 못 했어요. 영원이가 저한테 물은 적도 없었고요. 물었다 해도 저한테는 동의 권한이 없어서 별 도움은 안 되었을 거예요. 물론 법원에서 묻지 않아도 사람들은 알고 싶어 하겠죠. 법적 보호자로서, 보육원 원장으로서 어떻게 생각하냐고."

충분히 가능한 일이었다. 법적 효력이 없다고 해도 보육원 원장이 안락사에 동의한다면 부모가 동의한 것보다 더 큰 사회적 파장이 일었을 터였다. 원장 자리를 내놓는 건 물론 보육원 폐쇄까지 갈 수도 있는 일이었다. 아이들을 책임지지 않을 사람들의 일념 때문에 아이들은 또다시 갈 곳을 잃을 수도 있었다. 어떤 일은 뻔해도 너무 뻔했다. 미래 역시 그 뻔함 때문에 한 발자국도 움직일 수가 없었다. 그러면서 무슨 자격으로 여기까지 온 건지 부끄러웠다.

"원장님 말씀대로 따지러 온 거 맞아요. 어떻게 당장 죽을지도 모르는 아이를 사지로 내몰 수가 있냐. 잠조차 잘 수 없는 그 아이를 어떻게 혼자 잠들게 하느냐. 당신이 그러고도 사람이냐. 사실 그 말이 하고 싶었어요."

미래는 잠시 말을 멈춘 채 창밖을 바라보았다. 멀리서 아이들의 웃음소리가 들렸다.

"근데 여기까지 와 보니까 알겠어요."

"스스로를 원망하고 싶었다는 걸요?"

망설임 없이 받아치는 원장의 말에 미래는 시선을 옮겼.

묻고 싶었다. 당신도 지금 앞에 있는 나를 원망하느냐고. 고작 서명 하나 해 주는 게 뭐가 그리 어려워서 여기까지 찾아온 건지 따지고 싶으냐고. 마음과 달리 입이 떨어지지 않았다.

짧은 침묵을 깬 건 원장이었다.

"아마도 계속 그러겠죠? 나는 이 정도밖에 안 되는 인간일까. 내가 해 줄 수 있는 게 진짜 하나도 없는 걸까. 왜 이렇게 비겁할까. 저도 계속 그래요. 어쩌면 죽을 때까지 죄책감을 못 버리겠죠."

"그래도 괜찮으세요?"

미래가 물었다. 원장이 괜찮다고 하면, 자신도 괜찮을 수 있을 것 같았다.

"아니요. 하나도 괜찮지 않아요. 그래도 어쩔 수 없죠. 제가 이렇게 비겁한 사람이라는 걸 인정하는 것 말고는 할 수 있는 게 없어요."

"그래서 비난도 받겠다 하신 거고요."

원장은 말없이 목걸이를 만지작거렸다.

신이라도 믿어야 하는 걸까. 회사 앞에 찾아와 악마의 소굴이라고 소리치는 사람들처럼, 이 모든 게 잘못되었다고 외칠 수 있다면 이 상황을 외면할 수 있을까. 아니면 원장처럼 신의 가호를 바라면 조금은 이 상황을 버틸 수 있을까.

문득 아직 법원에선 미래에 대한 정보를 공개하지 않았다는 사실이 떠올랐다. 원장은 왜 놀라지 않았을까. 처음부터 알고 있었던 걸까.

"영원에게 언니가 있다는 건 어떻게 아셨어요? 법원에서는 비공개 처리를 한 걸로 알고 있는데, 보육원에는 통보가 된 건가요?"

원장은 고개를 저었다.

"법원에서 알아낼 수도 있겠다 생각은 했었죠. 진단받고 얼마 지나지 않아서 영원이가 할 말이 있다고 하더군요. 언니가 있다고 했죠. 엄마도 다르고, 한 번도 만나지 않았던 언니가 있다고요. 궁금해했어요. 그 언니는 어떻게 살고 있을지. 혹시나 자기처럼 아프진 않을지. 병원에서 유전일지 아닐지 알 수 없다고 검사를 해 봐야만 알 수 있는 거라고 했거든요."

스틸 라이프에 근무하고 있던 것 역시 그래서 알고 있었던 걸까. 알면서 왜 나타나진 않았을까.

"그래서 언젠간 언니인 분이 저를 찾아올 수도 있겠다고 각오하고 있었어요."

언제쯤 이 일에서 놀라지 않을 수 있을까. 예전에 엄마가 그랬다. 자신은 놀라는 사람이 아니라 놀라게 하는 사람이 되고 싶다고. 그저 장난 어린 말인 줄 알았는데……. 어쩌면 엄마는 겁이 많은 사람이었을지도 모르겠다. 어떤 일이 벌어져도 절대 당황하지 않을 거라는 건, 다짐뿐이었을지도.

"제가 스틸 라이프에 다니는 것도 아세요?"

이제야말로 원장은 놀란 얼굴이었다.

"영원이도 알고 있나요?"

원장은 조심스레 물었다.

"네, 저한테는 말하진 않았지만 알고 있었던 것 같아요."

"곤란한 일이 될 수도 있겠네요."

원장은 걱정스러운 말투로 속삭이듯 중얼거렸다. 사람들의 말처럼 진짜 곤란해질 수도, 아닐 수도 있었다. 정작 미래가 궁금한 건 그게 아니었다.

"만약 영원이가 결심하기 전에 알았다면……."

"그랬더라도 언니 때문은 아닐 거예요. 제 생각엔 진단을 받고 난 후에 곧장 결심한 것 같아요. 실행에 옮기는 데 시간이 걸렸을 뿐이죠. 영원인 쓰러진 후에도 전혀 힘든 티를 안 냈어요. 병원을 전전하고, 진단을 받고 나서도 별일 아니라는 듯 덤덤했어요. 하루는 빠뜨린 게 있어서 밤늦게 보육원에 온 적이 있어요. 빈 교실에서 우는 소리가 들리더라고요. 같은 방을 쓰고 있는 친구들이 깨기라도 할까 봐 혼자 교실까지 내려와서 울고 있더라고요."

미래는 순간 울컥했다.

"한번은 언니를 만나러 가겠다고 하더니, 진단을 받고 난 후 처음으로 웃으면서 돌아왔어요. 언니는 잠을 못 잔 사람의 얼굴이 아니라면서. 얘기를 좀 해 봤냐고 물었는데, 굳이 언니까지 힘들게 하고 싶지 않다고 했어요. 법원에서 찾아내지 않았다면, 언니를 찾는 일은 없었을 거예요."

미래는 얼굴을 감쌌다. 화가 났다. 법원이 자신을 찾아낸 것이 그 아이 잘못이 아니라는 걸 알면서도 원망했다. 어째서 남이나 다름없는 아이 때문에 삶이 끝장날 거라는 말을 들어야 하는지 모르겠다고. 왜 이런 혼란에 빠져야 하는 거냐고 소리치고 싶은 마음으로 열흘을 보냈다. 그런데 지금이 지난 열흘보다 견디기 힘들었다. 영원이 이기적인 아이였다면, 미래를 곤란하게 만들려고 다 꾸민 일이었다면 차라리 쉬울 것 같았다.

"결정은 했나요?"

"아직······. 영원이가 거부해 달라고 했어요. 가족으로 인정할 수 없다고. 유전자 검사까지 거부하면 그 뒤는 알아서 하겠다고."

"영원인 그런 아이죠."

미래는 구원을 바라는 아이처럼 원장을 쳐다보았다.

"어떻게 하는 게 좋을까요?"

"그 질문은 저라면 어떻게 할 건가 물어보는 거겠죠?"

미래는 힘없이 고개를 끄덕였다.

"아실 거예요. 제가 결정할 수 있는 일이 아니라는 걸. 함부로 충고할 수 있는 일이 아니라는 것쯤은. 그래도 제 생각을 묻는다면, 저는 한미래 씨가 동의해 줬으면 좋겠어요."

심장이 철렁 내려앉았다.

"마지막 순간까지 영원이가 혼자는 아니었으면 해요. 제가 영원이한테 해 주지 못한 걸 다른 사람한테 바란다는 게 얼마나 염치없는 일인지 저도 잘 알아요. 하지만 이게 제 진심이에요."

"정말 다른 방법은 없는 건가요?"

"제가 알기론 그래요."

더는 할 수 있는 말이 없었다.

절대 해서는 안 된다고 말하는 사람이 있다. 그리고 해 주었으면 한다고 말하는 사람이 있다. 몇 대 몇, 투표로 정할 수 있는 일이라면 얼마나 간단할까. 어째서 이런 상황에 대한 프로토콜은 없는 걸까. 그토록 간단했던 일이 어째서 이토록 복잡해지고 만 걸까.

모든 게 원망스러웠다.

차마 무슨 말을 할 수도, 일어날 수도 없는 그때 원장실

문이 열렸다. 그리고 한 선생님이 다급하게 말했다.

"영원이가 쓰러졌대요."

영원은 잠들어 있었다.

이불 밖으로 빠져나온 오른팔로 수액이 들어가고 있었지만 다른 조치는 없었다. 산소호흡기도 없었고, 요란한 선이 달린 기계가 붙어 있지도 않았다.

잠든 얼굴엔 고통이 보이지 않았다.

비로소 찾아온 안도감에 차에서부터 잡고 있던 원장의 손에 힘이 풀렸다. 손이 땀으로 젖어 있었다. 미래의 손에서 나온 건지, 원장의 손에서 나온 건지 알 수 없었다.

엄마 아빠는 한 침대에서 죽었다.

나란히 누워 손을 잡고 이 모든 건 자신의 의지라는 맹세를 반복하고, 의사가 건넨 약을 먹었다. 약을 먹은 후 두 사람은 평소처럼 미래에게 저녁은 뭘 먹을지 물었다.

일상을 흉내 내는 두 사람 때문에 미래는 차마 울 수도 없었다. 죽지 말라고 하는 것도, 어떻게 나만 두고 갈 수가 있냐고 원망하는 것도, 울음을 터뜨리는 것도 할 수 없었다. 그 모든 게 그들의 마지막을 망칠 것만 같았으니까. 그 순간 가장 중요하지 않은 게 있다면 미래의 마음뿐이었다.

평양냉면을 먹을 거라고 대답했었다.

여름의 시작을 알렸던 우리만의 작은 의식, 누구라도 먼저 먹고 오면 배신자라고 놀리던 음식이니까 혼자 먹을 거라고.

그래, 이제 여름이네.

두 사람의 마지막 말이었다.

마치 짜기라도 한 듯 동시에 내뱉던 그 말이 마지막 인사였다. 사랑한다는 말도 아니고, 어떻게든 잘 살아야 한다는 말도 아니고, 하다못해 건강을 잘 챙기라는 말도 아니었다. '누워 있기도 지루한데, 슬슬 냉면이나 먹으러 나갈까.' 하던 날들처럼 다정하고 평온한 모습이었다. 죽는 걸 보면서도 믿기지 않았다. 한숨 자고 일어날 테니 기다리라고 다시 눈을 뜨고 말할 것만 같았다.

그날 미래는 결심했다.

사랑에 빠지는 일도, 결혼을 하게 되는 일도 없을 거라고. 그 누구도 인생에 더 들이지 않겠다고. 기어코 가족을 만들고 똑같은 고통을 겪는 일은 없을 거라고.

이토록 편안한 얼굴로 잠들어 있는 아이가 죽어 가는 모습을 봐야만 하는 걸까. 아니, 절대로 동생일 리 없다고 돌아서면 이 아이는 미래의 불행이 되지 않을 수 있을까.

멍하니 영원을 보고 있는 사이 도현이 의사와 함께 병실로 들어왔다.

"어떻게 된 일인가요?"

"학교에서 쓰러졌다고 하더군요."

"방학 아닌가요?"

"보충수업을 하니까요."

"어떻게 아픈 아이가 보충수업까지 듣게 둘 수가 있어요?"

"영원이가 평소처럼 지내고 싶어 했어요."

도현의 말이 끝나자마자 의사가 말을 이었다.

"평소엔 티가 나지 않으니 학교에서도 굳이 말리지 않았을 거예요. 이 병이 진짜 무서운 이유죠. 어느 순간 어느 때 의식을 잃을지 모르니까. 사고로 이어지지 않은 것만으로도 다행이에요."

"아프진 않다는 건가요?"

"아팠다고 해도 쓰러질 줄은 모른다고 해야겠죠. 잠을 못 잤을 테니까. 영원히 깨어 있을 수 있는 뇌는 없어요."

"잠들지 못하는 아이인데, 강제로라도 쉬게 해야죠."

말도 안 되는 떼를 쓴다는 건 알고 있었지만 어쩔 수 없었다. 화가 났다. 태평한 얼굴로 잠들어 있는 영원도, 지금 이 상황에서 아무렇지 않게 말하는 의사도.

"기계가 아니니까요. 전원 버튼을 누른다고 잠들고 일어나고 할 수 있는 게 아니에요."

원장은 진정하라는 듯 미래의 어깨를 가만히 어루만졌다.

"얼마나 나빠진 건가요?"

"정확히 알 순 없어요. 처음부터 끝까지 알려진 게 없는 병이죠. 참고로 말씀드리면 저는 안락사에 반대하는 사람입니다. 그만 아프고 싶다는 말이 살고 싶지 않다는 말은 아니니까요."

"……."

"그런데도 안락사가 필요하다고 동의하고 진단서를 써 준 건, 이 아이가 이렇게 편하게 잘 수 있는 날이 얼마나 될지 제가 말할 수 없기 때문이에요. 잠을 원하는 아이가 잠들 수 있게 해 주는 게 의사로서 제가 할 수 있는 유일한 일이니까요."

핏줄은 당긴다는 말을 믿는 것도 아니었다. 미래는 여전히 언니라는 말이 어색했고, 잠든 영원의 얼굴이 낯설었다.

인정하고 싶지도 않았다.

지금 상황에서 도망치고 싶다는 마음밖에 들지 않았다. 그런데도 발이 떨어지지 않았다. 영원의 병에 전염이라도 된 것처럼 뇌가 기능을 멈추고 온몸이 굳어 가는 것 같았다. 이 모든 걸 견딜 수가 없었다.

알면서도 앞에 나타날 수조차 없었다는 이 아이가, 언니는 잠 못 드는 얼굴이 아니라며 안심했다는 이 아이가 원망스러웠다. 그리고 아빠에게 화가 났다. 좋은 일이라 생각했을까, 어쩔 수 없는 의무감에 한 일이었을까. 죽은 아빠에게 따져 묻고 싶었다. 적어도 흔적은 남기지 말았어야 하는 것 아니냐고, 불법으로 찾아냈을 때 모른 척했어야 하는 것 아니냐고, 엄마는 왜 이 아이를 기어코 찾아갔던 거냐고, 왜 제멋대로 법을 무시하고 무책임한 결과를 낳은 거냐고. 어째서 죽어서까지 괴롭히는 거냐고, 당신들의 선택이 만들어 낸 상황을 보라고, 어쩔 수 없었다는 말을 감히 할 수 있겠냐고.

울고 싶었지만 눈물이 나지 않았.

바닥에 주저앉아 펑펑 울어 버린다고 해도, 무슨 말을 해도 소용없다는 사실이 한없이 가혹하게만 느껴졌다.

얼마나 지켜보고 있었을까.

제발 눈이라도 떠 주길 바라는 마음과 차라리 깨어나지 않았으면, 이대로 쭉 잠들었으면 좋겠다고 생각해 버리는 마음이 동시에 들고 말아서 미래는 무서웠다.

보험

눈도 마주치지 마.

고등학교에 입학했을 때부터 김명훈을 두고 아이들이 한 말이었다. 중학교 때부터 무서운 아이였으니까 눈도 마주치지 말고, 말도 섞지 말라고.

장기 밀매 조직원이라는, 마약 거래를 한다는, 심지어 포주라는 소문까지 있었다. 그중 어떤 것도 확인된 바는 없었다. 누구도 그에게 직접 소문을 확인할 용기를 내지 못했다. 영원으로선 조금 의아했다. 지극히 평범해 보였으니까. 무엇보다 그런 애가 방학 보충수업까지 나올 리가 없지 않나. 그렇다 해도 지금으로서는 김명훈밖엔 답이 없었다.

 죽기 전, 엄마가 가장 후회했던 건 생명보험을 들지 않았던 거였다. 절대 죽지 않을 테니 걱정하지 말라고 하면서도 보험을 들어 놨어야 했다며 후회했다. 진단을 받은 후엔 들 수가 없었고, 진단을 받기 전엔 언제 닥칠지 모를 죽음보다 매달 빠져나갈 보험금이 더 큰 위협이었다.

 김명훈, 소문대로 위험한 아이라면 영원이 원하는 걸 알고 있을 터였다. 영원이 명훈을 만나기 위해 찾아갔을 때, 그는 자리에 없었다.

 "김명훈 학교 왔어?"

 "김명훈? 김명훈은 왜?"

 명훈의 빈자리 옆에 앉아 있던 아이가 놀라서 되물었다.

 영원이 김명훈을 찾는다는 것에 놀란 건지, 영원이 말을 걸어서 놀란 건지 알 수 없었다. 뉴스에 나온 후로는 영원 역시 금기의 대상이 되었다. 아이들은 영원과 눈이 마주치면 재빨리 고개를 돌렸고, 복도나 교실에선 최대한 멀찌감치 떨어졌다. 한마디 한마디 모든 게 문제가 되기라도 할 것처럼 어쩌다 말이라도 걸면 다들 어쩔 줄 몰라 했다.

 "옥상에 있을걸? 그냥 갔을 수도 있고."

앞자리에 있던 아이가 돌아보며 말했다.

"고마워."

영원이 가려고 하자 그 아이가 덧붙였다.

"왜 찾는지는 모르겠지만 조심해라. 죽든 말든 봐줄 애 아니야."

그렇게 큰 목소리도 아니었는데 음 소거 버튼을 누르기라도 한 듯 조용해졌다. 힐긋거리며 영원의 눈치를 살피는 아이도, 못 들을 걸 들었다는 듯 헤드폰을 끼는 아이도 있었다. 명훈의 옆자리 아이 역시 말한 아이의 팔을 툭 쳤다. 영원은 아무렇지 않았다. 배려라고는 눈곱만큼도 없는 그 말이 싫지 않았다. 그 무자비한 솔직함이 처음으로 너라고 다르지 않다고 말하는 것 같았다.

영원이 교실을 나오고 나서야 교실은 다시 활기를 띠고 시끄러워졌다. 복도까지 들리는 웃음소리에 씁쓸해졌다. 죽기 전에 청력도 상실하게 될까, 세상이 고요해지면 조금은 견딜 만해질까, 더 무서워질까.

옥상 문은 활짝 열려 있었다. 애초에 개방해 둔 건지 자물쇠도 보이지 않았다. 문이 닫히지 않도록 받쳐 둔 돌을 보니 어쩐지 잘못 찾아온 기분이 들었다.

그냥 돌아갈까.

영원은 문턱을 앞에 두고 주저했다. 잘못된 소문이라면 원하는 걸 얻지 못하는 정도로 끝나지 않을 수도 있다. 명훈이 어떻게 반응하고 어떤 말들을 하고 다닐지 알 수 없었다. 법원에서 영원이 뭘 시도했는지 찾아낼 수도 있었다. 발걸음을 돌리려던 영원은 갑작스러운 현기증에 다급히 벽에 기댔다.

이럴 때가 되어서야 비로소 죽을 거라는 게 실감이 났다. 검사 결과를 보고 있을 때는 내일 당장 죽을 수도 있다는 사실이 멀게만 느껴졌다. 48시간 동안 깨어 있다 보면 내일이 영영 오지 않는 기분이다. 쓰러지고 이틀 동안 일어나지 못한 건 이번이 처음이었다. 적지 않은 시간이었지만 개운함은 전혀 없었다. 버스에서 졸다가 깬 것처럼 피곤했다. 의사는 앞으로 이런 일이 반복될 거라고 했다. 그러면서도 여전히 남은 시간이 얼마 없다고는 하지 않았다. 어쩌면 더 긴 시간을 고통 속에서 보내야 할지도 모른다. 내일은 영영 오지 않을 수도 있었다. 그러니 기다리고 있을 수만은 없었다. 영원은 영원이 할 수 있는 일을 해야 했다. 누구도 자신에게 해 주지 않은 그 일을.

현기증이 사라지고, 다시 눈앞이 선명해졌다. 영원은 마음이 바뀌기 전에 재빨리 옥상으로 나갔다. 뜨거운 공기에 숨이 턱 막혔다. 관리가 안 된 건지 바싹 마른 화분들이 보였다. 그리고 구석 자리에 돗자리를 펴고 모자를 덮은 채 누워 있는 명훈을 발견했다.

영원은 곧장 명훈에게 다가갔다. 인기척에도 명훈은 미동이 없었다.

"부탁 하나만 해도 될까?"

그제야 명훈이 천천히 얼굴에서 모자를 치웠다. 모자를 덮고 있었는데도 얼굴이 붉게 상기되어 있었다. 짧은 머리는 땀에 젖어 있었다. 그 모습에 영원은 웃음이 나왔다. 에어컨이 나오는 교실을 두고 굳이 옥상까지 와서 이러고 있다니.

명훈은 인상을 잔뜩 찌푸렸다.

"뭐냐, 넌."

"고영원. 나 몰라? 나 되게 유명한데."

명훈은 코웃음을 치면서도 생각에 잠긴 표정이었다.

"아, 뉴스 나온 애?"

영원이 고개를 끄덕이자 명훈은 일어나 앉았다. 어쩔 줄 모르겠다는 표정도 아니고, 갑자기 급한 일이 생겼다는 듯

달아나려는 기색도 없었다. 그렇다고 당장 꺼지란 말도 하지 않았다.

"부탁한다고? 나한테? 왜?"

"너밖에 알 만한 사람이 없는 것 같아서."

"내가 어떤 사람인데?"

"안 좋은 소문은 전부 달고 다니는 애?"

"죽을 때 되면 겁도 없어지나 보다."

"보통은 그렇지 않을까?"

"부탁이 뭔데."

"다크웹에 접속하는 방법 좀 알려 줘."

명훈은 얼굴을 찡그렸다. 햇빛 때문인지, 영원의 말 때문인지 알 수 없었다. 곧이어 손차양을 하고 영원을 빤히 쳐다보았다.

"뭐 하려고?"

"구할 게 있어서."

"그러니까 구하려는 게 뭐냐고."

"그것까진 네가 알 것 없고."

"마약이라도 하게?"

명훈의 짜증 어린 말에 영원은 웃음을 터뜨렸다.

영원의 웃음소리에 명훈의 얼굴이 점점 굳었다.

이 정도로 웃음이 터진 건 아픈 후로 처음이었다. 명훈의 말이 웃겨서가 아니었다. 그 심각한 일이 영원에게는 별 소용없는 일이기 때문이었다. 아무런 위력을 발휘하지 못하는 일. 마약으로 인해 얻을 수 있는 건 아무것도 없었다.

마약성 진통제 역시 통하지 않았으니까.

병원에서 진즉에 시도해 본 일이었다. 평소에는 고통이 없지만 고통이 찾아오면 어떤 진통제도 듣지 않았다. 죽어 간다는 뇌세포와 신경은 마약에도 꼼짝하지 않았다. 마약이 통했다면 다른 선택을 할 수도 있었을까. 방법이 하나도 없다는 것, 그래서 남은 선택지조차 무용하다는 게 다행인지 불행인지 헷갈렸다.

"야, 너 진짜 무섭거든?"

도저히 못 참겠다는 듯 명훈이 정색했다.

영원은 한참을 더 웃은 후에야 가까스로 웃음을 멈췄다. 당황하는 얼굴만 봐도 소문과는 전혀 다른 애라는 것쯤은 알 수 있었다. 온갖 나쁜 짓을 다 하고 다니는 애가 아픈 애 하나 웃는다고 무서워할 리가 없지.

"미안. 내가 말한 거 못 들은 걸로 해 줘. 소문만 믿으면 안 되는 거였는데."

영원이 돌아서는데, 명훈이 다급하게 영원을 잡았다.

"아!"

손목을 잡힌 순간, 영원은 고통스러운 비명을 질렀다. 살짝 잡혔을 뿐인데 손목이 부서질 것처럼 아팠다. 증상이 짜증 나는 건 아프다는 착각을 하는 건지 진짜 아픈 건지 구분조차 할 수 없기 때문이다. 모르는 사이 부러지기라도 한 건지, 그게 아니면 망할 놈의 신경이 또 제 기능을 잃은 건지, 뇌의 어딘가 심술을 부리고 있는 건지.

"아, 미안."

당황한 명훈이 재빨리 손을 뗐다.

"괜찮아. 너 때문이 아니라 내 상태가 그런 거니까."

영원의 말에도 안심이 안 되는지 명훈은 한참 동안 영원을 살폈다. 눈썹을 잔뜩 찌푸린 채 심각한 표정으로 영원의 얼굴과 손목을 번갈아 쳐다보았다. 한숨을 연달아 내쉬고 뒷덜미를 벅벅 긁은 후에야 결심했다는 듯 내뱉었다.

"다크웹에서 뭘 구하려는 건지 말하면 알려 줄게."

영원은 잠시 망설였다.

솔직히 말하고 싶진 않았다. 거짓말을 하고 싶지도 않았다. 그래서 영원은 할 수 있는 말을 했다.

"그냥…… 보험이 좀 필요하거든."

명훈이 무슨 말인가 더 했지만 영원에겐 들리지 않았다. 건물 아래로 익숙한 실루엣이 눈에 들어왔다.

멀리서 늘 지켜봐 왔던 사람, 금방이라도 무너져 내릴 것처럼 걷는 사람…… 미래였다.

동거

"좋은 생각은 아닌 것 같아요."

"처음부터 좋은 생각은 하나도 없었다고 말했던 게 누구더라."

미래는 방문을 열었다.

작은방에 침대 하나와 작은 테이블 하나, 그리고 바닥엔 보드게임이 잔뜩 쌓여 있었다. 이 방을 다시 쓰게 될 줄은 몰랐다. 엄마 아빠와의 마지막 시간을 주로 이 방에서 보냈다. 거실을 내버려두고 작은방에 옹기종기 붙어 앉아 게임을 하고, 영화를 보고, 온갖 얘기를 나누었다.

이 방을 영원에게 내주게 될 줄이야.

이상했지만 안방을 쓰라고 할 수도, 자신의 방을 내줄 수도 없었다. 무엇보다 여기가 현관과 가장 가까웠다. 위급한 상황이 벌어지면 1초가 아쉬울 터였다. 미래는 자신도 모르게 3년 전을 떠올렸다. 미래가 멍하니 서 있자 영원이 미래의 팔을 콕콕 찔렀다.

"불편할 것 같으면 그냥 갈게요."

그제야 미래는 정신이 들었다.

"책상 필요하면 식탁에서 해도 되고, 컴퓨터는 내 방에 있는 거 쓰면 되고."

"공부할 필요가 없다는 게 아파서 좋은 점 중에 딱 하나인데요."

"그런 애가 보충은 왜 나가니?"

"시간이 안 가서요."

영원은 방 안으로 들어가더니 침대 옆에 가방을 내려놓았다. 작은 여행 가방이었다. 필요한 짐을 전부 챙기라고 했는데 옷가지도 몇 개 챙기지 않은 모양이었다. 내일이 없는 아이처럼 구는 게 마음에 들지 않았다.

영원은 쓰러지고 이틀이 지나서야 깨어났다.

코마 상태에 빠진 건 아닐까 걱정했지만, 의사는 아이가 잠든 것뿐이라고 했다. 뇌파도, 심장 박동도 정상이라고. 그러면서도 언제 깨어날지는 확신하지 못했다. 깨어 있던 만큼 잠들어 있을지, 영영 깨어나지 못할지. 모든 게 정상으로 돌아가는 순간마저도 안심할 수 없는 병이었다. 깨자마자 소리를 지르며 고통을 호소하던 영원은 진통제를 맞은 후 다시 잠이 들었고 그렇게 3시간 후 일어났을 땐 평온한 얼굴이었다. 마치 아무 일도 없었던 것처럼.

미래는 영원이 퇴원한 후에도 전화벨이 울릴 때마다 움찔했다. 혹시라도 영원이 쓰러졌다고 할까 봐. 의식을 잃었다고, 더는 깨어날 수 없다는 말을 듣게 될까 봐 편히 잠들지도 못했다. 동생이든 아니든 중요하지 않았다. 그렇게 죽음의 공포가 또다시 미래의 삶에 드리웠다. 누구나 위기의 순간이 오면 지난 경험을 들추기 마련이었다. 알림음조차 두려워졌을 때 미래가 선택할 수 있는 건 하나뿐이었다.

영원도, 도현도 깜짝 놀랐다.

"결정할 때까지 같이 있어야겠어요."

다른 말은 하지 않았다.

막상 영원을 데리고 오긴 했지만 미래 역시 자신이 왜 그런 결정을 내린 건지 이해가 되지 않았다.

많은 것이 의지와 달리 흘러가고 있었다. 외면하고 싶은 마음과 손을 잡아 줘야 한다는 마음이 오락가락했다. 어느 쪽이든 후회할 터였다. 그러니 당장 결정할 필요 없다고, 시간이 지나면 자연스레 알게 될 거라고, 그러니 시간을 갖자고 생각할 뿐이었다.

"배고프다. 뭐 좀 먹자."

"뭐 해 줄 건데요?"

"먹자고 했지, 만들어 준다고 한 건 아닌데? 못 먹는 거 있니?"

영원은 가볍게 어깨를 으쓱했다.

"못 먹는 건 없는데, 안 먹는 건 있어요. 매운 건 질색이고, 제육볶음도 별로고, 또 뭘 안 먹더라. 아, 냉면도 싫어해요."

냉면을 싫어하는구나.

처음으로 아빠와 다른 점을 발견했다. 이 아이가 진짜 동생이 아닐지도 모른다고 생각하다가 문득 아빠가 정말 냉면을 좋아했었나? 의문이 들었다. 엄마가 좋아했던 건 분명했지만 아빠가 좋아했던 건 맞았나? 아빠는 엄마가 좋으면 다 좋은 사람이었다. 미래는 문득 무서워졌다. 같이 지내는 동안 엄마 아빠를 얼마나 떠올리게 될까, 매 순간 비교하게 되는 것 아닐까, 그러다 정이 들어 버리는 것 아닐까.

"먹고 싶은 걸 말하는 게 빠르지 않겠어?"

"햄버거?"

"햄버거?"

"햄버거가 어때서요. 햄버거야말로 완벽한 탄, 단, 지거든요."

"그래, 좋은 핑계 잘 들었다."

그러자 영원이 까르르 웃었다.

세상에 심드렁하고 성숙한 어른과 별다를 것 없이 무미건조한 얼굴을 하고 있던 아이가 때 하나 묻지 않은 듯 해맑은 얼굴을 했다. 보통의 아이라면 저런 얼굴을 하고 있었겠지. 괜히 감상에 빠지고 싶지 않아 미래는 곧장 배달 애플리케이션을 켰다.

영원은 치즈버거에 치즈 두 장을 추가하고, 감자튀김은 코울슬로로 교체, 콜라는 제로콜라로 시켜 달라고 했다.

"사는 게 좀 피곤해지겠다."

그러자 영원은 또다시 까르르 웃었다.

이토록 별것 아닌 일상이 한없이 낯설게 느껴지다니.

"보충은 언제까지 하니?"

"다음 주면 끝나요."

"어차피 일주일 뒤면 안 가는 거, 지금부터 안 가는 건 어때?"

"가만히 앉아서 병만 생각하고 있는 거 별로예요. 언제 죽는 거지? 나 지금 아픈가? 아닌가, 괜찮은가?"

"아무 말도 못 하게 하는 재주가 있네."

영원은 어쩌겠냐는 듯 가볍게 어깨를 으쓱했다.

미래가 밀린 빨래를 하고, 집을 치우는 사이 영원은 티브이를 틀었다. 예능 프로그램 재방송 중이었다. 티브이에서도, 티브이를 보고 있는 영원에게서도 웃음이 연이어졌다. 이 집에서 웃음소리가 들린 건 3년 만이었다. 미래는 웃을 수가 없었다. 마지막으로 엄마 아빠와 보내던 나날들이 자꾸만 떠올라서, 어쩌다 웃음이 터져 나오기라도 할 때면 재빨리 정색하고 말았다.

평생을 함께하는 사람도 시간으로 환산하면 긴 시간을 공유할 순 없는 거라고, 그러니까 우리는 평생에 걸쳐 보낼 수 있는 시간을 모두 끌어당겨 써 버리자고. 엄마는 그렇게 3주를 함께 보내자고 말했었다. 그래서일까. 그 3주 동안 평생의 웃음을 전부 끌어당겨 웃어 버렸다고, 그러니까 더는 웃을 순 없다고, 적어도 이 집에선 그럴 수 없다고 생각했다. 그 결심이 순식간에 무너지게 될 줄은 몰랐다. 여전히 동생인지 아닌지 확신조차 할 수 없는 아이 때문에.

집으로 데려가는 순간, 돌이킬 수 없게 될 겁니다.

도현은 그렇게 말했다. 동생이 아니라고, 지난 검사 결과가 어떻든 절대 인정할 수 없다는 말은 할 수 없게 될 거라고, 함께 지내 보니 동생이 아니라는 확신이 들었다는 말은 통하지 않을 거라고, 혈연임을 인정하지 않는 사람이 기꺼이 자신의 공간을 내줄 리 없으니까. 법의 구멍은 그렇게 늘 여지를 파고드는 법이었다. 하지만 미래는 영원이 쓰러졌다는 말을 듣는 순간 알았다. 어느 쪽이건 결코 이 일에서 빠져나갈 방법이 없다는 걸.

"다른 병원에 가 보는 건 어때?"

영원이 햄버거 먹는 모습을 빤히 보던 미래가 물었다.

"너무 잘 먹어서 도저히 안 믿겨요?"

"사람들이 왜 사기 치는 거라고 하는지 알 것 같아."

순간 웃음이 터진 영원의 입에서 햄버거가 튀어나왔.

미래는 몸을 뒤로 젖히며 티셔츠에 튄 햄버거 조각을 털어 냈다.

"죄송해요. 언니가 너무 웃겨서 그런 거니까 반은 언니 탓이에요."

"책임 소재 따지는 걸 너무 좋아한다."

미래의 퉁명스러운 말에 영원은 짓궂게 웃었다. 미래는 그런 영원이 낯설었다. 원래 웃음이 많은 아이였던 건지, 자신이 예전에 그랬던 것처럼 웃음을 흉내 내고 있는 건지 헷갈렸다.

"진짜 웃긴 거 말해 줄까요?"

"별로 안 웃길 것 같긴 한데, 말해 봐."

"언니 보고 있으면 우리 엄마 보는 것 같아요. 피가 하나도 안 섞였는데, 꼭 우리 엄마처럼 말해요. 엄마도 그랬거든요. 남들은 쉬쉬하는 걸 아무렇지 않게 툭툭 내뱉었어요. 사실이 그런 걸 어쩌겠냐고 엄청 당당했고요."

그런 사람이니 불법으로 친부까지 찾아낸 거겠지. 미래는 문득 영원도 자신도 둘 다 부모님을 잃었다는 걸 깨달았다. 미래가 3년 동안 갇혀 있었던 것처럼 영원 역시 2년 동안 죽음 속에 빠져 살았을까. 어떤 시간을 보냈을까. 병에 걸리기 전까진 정말 단 한 번도 자신을 찾아오지 않았던 걸까. 물어봐도 되는 걸까.

그때였다. 현관 비밀번호 누르는 소리가 들렸다.

지윤이 잔뜩 화가 난 얼굴로 들어왔다.

영원이 쓰러진 날, 지윤과의 저녁 약속을 지키지 못했다. 스무 통이 넘는 부재중 전화가 와 있었지만 무슨 말을 어떻게 해야 할지 알 수 없어 차마 답장도 못 한 터였다. 지윤은 할 말을 잃었다는 듯 식탁 앞에 서서 미래와 영원을 번갈아 쳐다보았다. 연락하지도, 만나지도 말라고 했었다. 동정이든 연민이든, 설령 핏줄이 당기는 기분에 휩싸인다고 해도 무시하고 또 무시하라고.

"영원이라고 했니?"

"나랑 얘기해."

미래가 자리에서 일어나 지윤을 데리고 나가려는데, 지윤이 미래의 손을 뿌리쳤다.

"야속한 말 하게 돼서 미안하지만 너도 알 거야. 사정은 안타깝지만 너, 조금이라도 미래를 언니라고 생각한다면 이러면 안 돼."

"오지윤, 나랑 얘기하자니까."

"알아요. 저도 이러면 안 되는 거."

"뭐?"

"저도 제가 지금 언니 괴롭히고 있는 거 잘 알고 있어요. 언니도 괴롭히고, 변호사 아저씨 커리어도 망치는 중이고, 보육원도 세상도 엉망진창으로 만들고 있죠."

"너 지금 내가 장난하는 것처럼 보이니?"

"저도 장난으로 하는 말 아니에요. 지금 제가 얼마나 민폐가 되는지 진짜 잘 알고 있어요. 근데 전 이럴 수밖에 없어요. 선택지가 없거든요."

"선택지가 왜 없어."

"죽는 날만 기다리는 거요? 그건 제가 선택할 수 있는 일이 아니라, 강요당하는 일이죠."

무거운 침묵이 집 안을 가득 메웠다.

영원은 아무 일도 없었다는 듯 햄버거를 먹었다. 태연한 모습만 봐도 저 아이가 얼마나 많은 시선을 감내하고 있을지 알 수 있었다. 미래는 기막히다는 듯 쳐다보는 지윤을 끌고 집 밖으로 나왔다.

"심했어."

"아니, 하나도 안 심해. 너 지금 상황이 어떻게 돌아가는 줄은 알아? 쟤, 네가 생각하는 것만큼 순진한 애도 아니고, 어린애도 아니야."

"무슨 상황."

"법원에서 받아들였어."

"뭘."

"공개 재판으로 진행하라는 요청을 받아들였다고."

미래는 가슴이 철렁했다. 계속 재판이 미뤄지고 있는 것도 요청 때문일까. 영원은 정말 아무것도 바라지 않는 척하면서 미래를 구석으로 몰고 있는 걸까.

"영원이가 요청한 거야? 아니면 백도현 변호사가?"

미래는 애써 침착하게 물었다.

"내가 그랬지. 너희 둘만의 일이 아니라고. 재판 공개하라고 의견서를 제출한 시민단체가 한두 군데가 아니야. 너 이렇게 태평하게 재랑 둘이서 햄버거나 먹고 있을 때 아니라고."

"그 사람들이 무슨 권한으로 공개를 요청해?"

지윤은 답답하다는 듯 짜증 섞인 한숨을 내쉬었다.

"애초부터 비공개 요청을 받아 준 게 예외적인 상황일 뿐이야. 재판은 공개가 원칙이고. 더군다나 미성년자 안락사, 사회적 이슈가 될 수밖에 없는 일이야. 사회질서를 유지한다는 명분, 그게 얼마나 무서운 말인지 알기나 해? 곧 있으면 세상이 네 손끝만 바라보게 될 거야. 안락사 동의서에 사인하는지 안 하는지."

미래는 목이 졸리는 기분이었다.

"언제 안 거야?"

"오늘 아침에 결정 난 거야. 법원에서 들었고."

"법원에서 네가 어떻게 들은 건데?"

"내가 네 법률 대리인이니까."

"내가 널 선임한 적이 있어?"

"한미래."

"애써 준 건 고마운데 지윤아. 이제부터 아무것도 하지 마."

"뭐?"

"너 나한테 소중한 사람이야. 너까지 이 일에 휘말릴 필요는 없어."

"말이 되는 소리를 해. 정신 못 차리고 바보처럼 굴고 있는데, 내가 그걸 어떻게 그냥 보고만 있어! 쟤라고 그걸 모를 것 같아? 법원에서 그런 걸 하루이틀 만에 결정하는 건 줄 알아?"

"어차피 알려졌을 일이야. 영원이가 좀 더 빨리 알고 있었다고 해도 달라질 건 없어. 나한테 거부해 달라고 한 애야. 언니라는 사실조차 인정하지 말라고 한 애라고."

"이렇게 될 줄 알고 있었겠지."

"뭐?"

"사람이 그래. 너한테 피해가 갈 테니까 모른 척해 달라고 하면, 그렇게 못 하는 게 인간이야. 너 그 말 듣기 전엔 진짜 모른 척하려고 했었어. 상관없는 애라고. 이제 와서 내가 왜 그걸 받아들여야 하냐고. 근데 지금 너를 봐. 세상 둘도 없는 동생 감싸듯 하고 있잖아. 그걸 쟤가 몰랐겠어?"

미래는 자신도 모르게 헛웃음을 지었다.

분명 예상하지 못했던 일인데, 처음 겪는 일인데 기시감이 들었다. 알면서 맞는 뒤통수가 있다. 한 방 맞은 기분에 놀라는 게 아니라 아, 지금이구나 싶은. 요란했던 마음이 차분하게 가라앉는 기분. 달라지는 건 없었다. 영원이 영악하게 머리를 썼다고 해도, 처음부터 원하는 게 명확했다고 해도, 연기를 하고 있다고 해도 달라지는 건 없다. 동생이라서 받아들인 것도, 죽어 가는 애라서 받아들인 것도 아니었다. 그냥 아무것도 하지 않고선 견딜 수가 없어서, 어떻게 해야 할지 알 수가 없어서 할 수 있는 걸 했을 뿐이다. 영원이 역시 그럴 수밖에 없을 터였다. 적어도 죽어 가고 있다는 것만큼은 진짜였으니까.

"상관없어."

"모르고 살고 있던 애가 네 인생을 망치겠다고 하는데 상관없다고?"

"어차피 망칠 인생도 없었어."

지윤의 얼굴에 떠오른 분노가 걱정인지 배신감인지 알 수 없었다. 말없이 대치 상태로 서 있는 와중에 주머니에서 진동이 울렸다.

- 빨리 회사로 들어와.

부장이었다.

이제야말로 걱정했던 일들이 차례대로 일어날 터였다. 온 세상이 미래를 향해 칼날을 세우는 그 일이.

"고영원, 테스트 결과는 왜 뽑아 본 거야?"

부장은 미치겠다는 듯 머리를 감싸 쥐었다.

"궁금해서요. 변호사가 한 말이 사실인지 확인해야 했어요. 저 징계예요?"

"징계 정도로 끝날 일인 줄 알아?"

부장은 닫힌 회의실 문을 한 번 더 확인했다. 창을 통해 시선이 느껴지자 블라인드까지 닫았다.

"무섭게 왜 그러세요. 각오하고 있었어요. 제가 누구인지 밝혀지면 여기서 더 일하기 힘들 거라는 거. 어차피 법원에서도 재판 공개하기로 했다고 하고요."

"어디까지 알고 있는 거야?"

"뭘 어디까지 알아요. 제가 더 알아야 할 게 있어요?"

부장은 심각한 얼굴로 미래의 옆에 앉은 뒤, 누가 들을세라 몸을 숙였다. 둘밖에 없는데도 한껏 목소리를 낮춰 말했다.

"약 사려고 했던 건 알아?"

"네?"

"다크웹에서 안락사 약을 구하려고 했었다고."

미래는 기가 막혔다. 연차도 무시한 채 호출했을 때부터 안 좋은 소리를 들을 건 예상했지만 이토록 허무맹랑한 소리를 듣게 될 줄은 몰랐다.

"그런 말도 안 되는 소리를 대체 어디서 들은 거예요?"

"회사에서 놀았겠냐? 걔가 테스트를 걸고넘어졌을 때부터 회사에서 조사를 안 했겠냐고. 뒤질 수 있는 건 다 뒤졌겠지."

고작 18세 아이가 테스트에 의문을 품었다는 이유 하나 때문에 인생을 파고들었다고? 회사를 상대로 소송을 건 것도 아니고, 회사에 요구한 것도 없는데, 기어이 밑바닥까지 들춰내려고 했다는 게 우스웠다.

"회사가 무슨 자격으로 인터넷 기록까지 뒤져요? 불법으로 얻은 그 결과로 뭘 하고 싶은 건데요?"

"한미래, 자격이니 불법이니 사람들이 그런 걸 신경 쓸 거 같아? 회사가 어떻게 알았든 중요한 건 그 애가 불법으로 약을 사려고 했었고, 그게 실패하니까 테스트를 걸고넘어졌다. 거기서 끝이 났어야 하는 건데, 그 애 언니가 우리 회사에 근무하고 있다. 근데 또 그 애 언니가 걔 테스트 결과를 전부 뽑아 봤다. 사람들이 뭐라고 생각할 것 같아?"

"……."

혼란스러웠다. 더 이상 놀랄 일은 없을 줄 알았는데, 담담히 받아들일 수 있을 줄 알았는데 계속해서 새로운 사실이 나왔다. 미래만 모르고 있는 사실은 얼마나 될까. 얼마나 더 많이 충격받게 될까. 영원은 대체 어떤 아이인 걸까.

"왜 실패했대요?"

"뭐?"

"다크웹에서까지 시도했으면 약을 구하는 게 어렵진 않았을 텐데, 왜 실패했냐고요."

"왜긴 왜야. 약 팔기 전에 잡혔으니까 그렇지. 얼마 전에 안락사 약물 빼돌리다 적발된 간호사 있었던 거 몰라?"

"그럼 왜 안 잡혀간 건데요? 사려고 한 정황이 있으면 당연히 엮여 들어갔을 텐데. 그게 사실이라면 벌써 난리가 났겠죠."

"묻기만 하고, 사겠다는 의사를 표현하기 전에 잡혔으니까."

"그게 영원이라는 걸 어떻게 확신해요."

"너 우리가 IT 기업인 거 잊었냐. 해커 몇 명 쓰는 게 어려운 일인 것 같아?"

"어렵진 않겠지만, 애 하나 잡아서 빠져나갈 구실 찾는 것처럼 보이긴 하네요."

"한미래."

"저도 제 이름 알아요. 계속 그렇게 부르실 것 없어요."

"회사가 비겁하건 말건 지금 중요한 게 그게 아니야. 이것까지 터지면 그냥 동의하고말고 정도의 문제가 아니라고."

미래는 머리가 지끈거렸다.

"너 인생 종 칠 수도 있어."

"아, 지겨워."

"미래야."

부장은 마치 자신의 딸을 타이르듯 말했다.

"한 달 동안 제가 제일 많이 들은 말이 그거예요. 네 인생 끝장날 거다. 진짜 죽어 가는 애는 따로 있는데, 그 애 부탁 하나 들어주는 게 싫어서, 모두가 제 인생이 끝날 거라고 해요. 그래서요. 대체 어쩌라는 건데요. 그 애가 기어코 아파 죽는 걸 보면 제 인생이 구제되기라도 해요? 대체 얼마나 대단한 인생들을 살기에 그러는 거예요?"

"너 화나는 거 알아. 근데 그런 감정 그냥 넣어 둬. 화든 동정이든 뭐든 그냥 넣어 둬. 이성적으로 판단해. 회사에서 부르면 몰랐다, 아니다, 아무 상관 없다, 그 말만 해. 테스트는 내가 뽑아 봤다고 할 테니까."

"그걸 왜 부장님이 뽑았다고 해요?"

"나한테 처음 와서 밝혔고, 사실인지 아닌지 확인하기 위한 절차였다고 하면 돼. 내가 그런 거라고 하면 기껏해야 감봉 정도겠지."

"그러니까 부장님이 왜 그걸 감수하냐고요."

"너를 진짜 위하는 사람들이 누군지 잘 생각해 보라는 거야. 어느 날 갑자기 나타난 애가 아니라 네 옆에 누가 있었는지 보라고."

미래는 더는 참지 못하고 회의실을 나왔다.

미래가 회의실에서 나오자 회의실을 향하던 시선들이 황급히 흩어졌다. 서우만 애처로운 눈빛으로 미래를 바라보았다. 미래는 앞으로 겪게 될 일들의 예고편을 마주한 기분이었다.

밤새 티브이 소리가 들렸다.

벌써 일주일째였다. 미래는 웃고 떠드는 소리에 쉽사리 잠들지 못해 짜증이 나다가도 이내 안심했다. 거실에 있는 티브이를 작은방으로 옮기는 게 낫지 않을까 싶었지만 소리가 들리지 않으면 그것대로 불안할 것 같았다. 뒤척거리면서도 차마 문을 열 수가 없었다.

문을 열었을 때 영원이 어떤 모습일지 몰라 두려웠다. 티브이를 보고 웃고 있는 게 아니면, 쓰러져 있을까 봐. 그 상황을 막기 위해 집에 데려온 거였지만 막상 그 상황을 눈앞에서 보고 싶지 않았다.

아빠가 살아 있었더라면 어떤 선택을 했을까.

친권 포기 각서는 가뿐히 무시한 채, 그래도 자신 때문에 태어난 아이니까 선뜻 책임을 지겠다고 했을까. 그렇게 아빠 때문에 생긴 아이는 몇이나 될까. 정자 기증을 통한 아이라면 단 한 명뿐이라고 보장할 수도 없지 않나. 갑자기 사실 저도 아빠 자식이에요, 하고 찾아올 리도 만무했지만 허황된 상상으로만 느껴지지도 않았다.

갑자기 문밖에서 웃음소리가 끊겼다.

곧이어 뉴스 앵커의 목소리가 흘러나왔다. 무슨 말을 하는지 잘 들리지 않았다. 볼륨이 조금씩 줄어드는 게 느껴졌다. 함께 있을 때 어쩌다가 뉴스라도 나오면 곧장 돌렸던 것과 달리 한참 동안 보고 있는 모양이었다.

곧 재판이 진행될 거란 예상과 달리 일주일, 또 일주일이 지나도 재판일은 정해지지 않았다. 재판이 진행되기 전까지, 마음을 정할 때까지만 데리고 있으려고 했는데, 그 시간이 자꾸만 길어졌다. 그러는 동안에도 영원의 죽음이 멀어지는 건지, 가까워지는 건지 헷갈렸다. 날짜만 정하지 않으면 이대로 머무를 수도 있을 것 같았다.

조금도 살고 싶은 마음은 없는 걸까.

그래도 한번 살아 보고 싶은 마음이 들진 않을까.

생각은 끊임없이 이어졌다. 다크웹에 관한 기사가 있는지 찾아보았지만, 법원에서는 테스트를 신청한 아이와 다크웹에 접속해 안락사 약물을 사려고 한 아이가 동일 인물이라는 것까진 알아내지 못한 모양이었다.

운이 좋다면 미래가 잘리는 것으로 끝날 것이다.

회사 역시 굳이 위험부담을 감수하고 싶진 않을 테니까. 회사를 관두는 건 그리 어려운 일이 아니었다.

지윤의 반대에도 회사에서 버텼던 건, 그만둬야 할 이유가 없기 때문이었다. 안락사 분석 프로그래머가 되었다고 해서 엄마 아빠의 선택을 이해할 수 있게 된 건 아니었다. 가능성을 계산하는 프로그램일 뿐이었다. 그 분명함에 위로받는 시간도 있었지만 더는 아니었다. 이렇게까지 해서, 자신을 생각하는 이들을 내치면서까지 원하는 게 무엇일까. 미래 역시 알 수 없었다.

뒤척이던 미래는 도현을 떠올렸다.

지금 같은 생각을 하고 있을지도 모르는 유일한 사람, 위험을 감수하고 모두가 외면한 사건을 맡은 단 한 사람.

미래는 망설이다 문자를 보냈다.

- 자요?

- 영원이한테 무슨 일 있나요?

바로 답장이 왔다.

그 순간 거실에서 다시 웃음소리가 들렸다. 볼륨이 하나씩 높아지며 또다시 웃고 떠드는 소리가 울려 퍼졌다.

- 시끄럽게 티브이 보고 있죠. 예능 촬영장이라도 온 것 같네요.

- ㅋㅋㅋ 다행이네요.

ㅋㅋㅋ 라는 세 글자에 시선이 멈추었다.

이 상황에 웃음이라니 어이가 없으면서도 긴장이 풀렸다. 막상 먼저 문자를 보내긴 했지만 더 할 말이 없었다.

휴대폰을 내려놓는데, 문자가 왔다.

- 괜찮아요?

미래는 괜찮다는 말을 적다가 이내 지웠다.

- 전혀.

- 다행이네요.

- 다행이라니, 악마가 따로 없네요.

- 고통 동지가 있다는 게 꽤나 힘이 되네요.

고통 동지라니.

틀린 말도 아니었다. 그렇다고 함께 이 사태를 이겨 내 보자고 두 손 잡고 다짐하는 사이도 아니었지만 세상의 비난을 나란히 감수하는 것만은 사실이었다.

미래가 회사에서 곤욕을 치르는 사이, 도현의 사무실 앞으로 사람들이 몰아닥쳤다. 미성년자 안락사를 종용하는 변호사에게서 면허를 박탈해야 한다고 소리치는 사람들이 창문으로 계란도 던지고 돌도 던졌다. 과학이 얼마나 발전했건, 생사를 가르는 판단을 AI가 하게 되건, 원하는 바가 통하지 않을 땐 결국 폭력을 행사하는 사람들이 있었다. 그 인간다움이 얼마나 잔인한지도 모르고.

- 사무실은 좀 치웠어요?
- 사무실 엉망인 건 어떻게 알았어요?
- 유명인이시잖아요.
- 제가 좀 스타성이 있긴 하죠. 나쁘지 않은 얼굴이잖아요.
- 착각도 하시는 분인 줄은 몰랐네요.
- 저도 몰랐습니다. 이 시간에 말 걸 수 있는 사람이라는 거.

시계를 보니 새벽 2시가 넘어가고 있었다. 친구도 아니었고, 연인도 아니었고, 지윤의 말에 의하면 더는 상대하지 않아야 하는 사람이었는데, 이렇게 편하게 대화를 나눠도 되는 걸까. 문득 이 모든 게 이상해졌다. 대답하지 않자 다시 문자가 왔다.

- 싫다고 타박한 거 아닙니다. 따로 할 말이 있는 건 아니죠?

다크웹에 관한 이야기를 해야 할까.

도현도 이미 알고 있을까. 아니면 모르는 내용일까. 어디서부터 어디까지 알고 있는 건지 궁금했지만 직접 만나서 물어봐야 할 것 같았다. 한번 내뱉은 기록은 절대 사라지지 않는다. 눈앞에서 사라진다 해도 누군가 찾아내려고 마음만 먹는다면 얼마든지 찾아낼 수 있었다. 그러니 처음부터 아무런 증거조차 남기지 않아야 했다.

- 변명하는 거 웃기거든요.

- 영원이랑 지내는 건 어때요?

- 완전 별로죠.

- 쉽지 않을 거라고 했잖아요.

- 이렇게 계속 지낼 수도 있을까요?

답이 오지 않았다.

말을 고르고 있는 건지, 번뜩 정신이 들었을지 모를 일이다. 우스웠다. 사람과 이렇게 대화를 나눈 게 얼마 만인지. 지윤은 무슨 말이든 나눌 수 있는 친구였지만 그래서 말할 수 없는 것들이 있었다. 모든 걸 알고 있다는 건 애써 모른 척하는 것들을 들킬 수도 있다는 거였으니까. 답답한 마음이 생길 때면 AI에게 물었다. 그럴 때마다 AI는 늘 적절한 해결 방법을 제시했다. 이 상황을 이야기하면 일단 티브이부터 끄고, 편안한 마음을 갖고 잠을 청하라 하겠지. 명상 음악을 추천해 줄지도 모른다.

　- 괜히 해 본 말이에요. 신경 쓰지 말아요.

　변명할 필요는 없었지만 미래는 다시 문자를 보냈다.

　- 제 생각이 틀렸네요.

　- 무슨 생각을 했는데요?

　- 사인해 줄 거라 생각했어요. 옆에서 보는 게 쉽진 않을 테니까. 차라리 빨리 사인해 버리겠다고 할 줄 알았어요.

　그 순간 미래는 알았다. 자신이 원하는 게 무엇인지, 어째서 이렇게까지 하고 있는 건지.

　- 이대로 계속 지내면 어떨까 하는 생각이 들어요.

　- 그럴 수 없다는 거 알잖아요. 영원이의 마음이 바뀌지 않는 이상, 우린 이 자리를 맴돌 수밖에 없어요.

　그렇게 대화가 끝났다.

　영원이의 마음이 바뀌지 않는 이상…… 갑자기 치료 방법이 생기는 것도 아니고, 법원이 절대 안 된다고 하는 것도 아니고 영원이의 마음이 바뀌어야만 하는 일. 그것만으로 충분하지 않았다.

그런데도 이상하게 희망을 걸고 싶었다.

소문

아파트 단지에 들어설 때마다 영원은 자신도 모르게 움츠러들었다.

미래와 함께 걸을 때면 더더욱 그랬다. 내 것이 아닌 것을 누리고 있는 기분이랄까. 어쩌다 지나가는 주민들과 눈이라도 마주치면 네가 왜 여기 있어? 묻는 것만 같았다. 그런 영원의 마음은 전혀 눈치채지 못한 듯 미래는 이틀에 한 번씩 마트에 장을 보러 가자고 했다. 영원은 못 이기는 척 따라나섰다. 오늘도 아이스크림이나 사 오자는 말에 함께 마트에 다녀오는 길이었다.

맞은편에서 중년 부부가 걸어왔다.

여자는 영원과 눈을 마주치자마자 옆의 남자에게 귓속말했다. 그 모습에 영원은 재빨리 고개를 숙였다.

그런 영원을 미래가 빤히 쳐다보았다.

"누가 보면 연예인인 줄 알겠다."

미래의 농담에 영원은 괜히 민망해졌다.

"아니, 우리 보고 얘기하는 거 같아서……"

"'우리' 아니고, '내' 얘기일걸. 3년 전부터 그래. 우리 엄마 아빠 죽고 나서. 인터넷에선 세기의 사랑이라고 떠들어 대도, 옆에서 보면 그냥 부모가 버리고 간 애거든. 그것도 잘 봐 주는 거고. 부모가 아픈 것도 몰랐던 망나니인 거지 뭐."

미래는 아이스크림을 먹으며 대수롭지 않게 말했다.

영원은 모든 게 낯설었다. 함께 밥을 먹고, 티브이를 보다가, 저녁이 되면 각자의 방으로 들어가고, 주말이 되면 미뤄 둔 집안일을 하고, 마트에 다녀오는 평범한 일상이 지독하게 어색했다. 3주라는 시간이 평생처럼 길게 느껴지면서도 한순간도 누리지 못한 것처럼 짧았다. 여름과 함께 소송을 시작했는데 어느덧 여름이 끝나 가고 있었다. 여전히 가을이 오지 않을 듯 덥긴 했지만.

영원은 문득 궁금해졌다. 병에 걸리기 전 미래를 찾아왔다고 해도 똑같이 누릴 수 있는 일상이었을까. 아니면 절대 인정할 수 없다며 외면했을까. 한 번도 이유를 말한 적은 없었지만 미래가 같이 지내자고 한 건 영원이 언제 죽을지 모르기 때문일 테니까.

아파트 놀이터를 지나고 있을 때였다.

익숙한 얼굴이 눈에 들어왔다. 명훈이었다.

이 동네에 사는 건가?

영원이 멈칫하는 사이, 명훈 역시 영원을 발견했고 그네에서 내려와 다가왔다. 영원은 순간 긴장했다.

"아는 애야?"

미래가 물었다.

"어? 어…… 알긴 아는데……."

영원이 답을 망설이는 사이, 명훈이 다가와 고개를 꾸벅이며 인사했다.

"안녕하세요."

미래는 자연스럽게 인사를 받았다.

"영원이 남자 친구니?"

"네? 아니요?!"

명훈이 기함을 하고 놀라자 미래는 웃음을 터뜨렸다.

"아니면 아니지, 뭘 그렇게 놀라고 그러냐. 우리 영원이가 어때서."

우리 영원이라니. 놀란 영원이 미래를 쳐다보자 미래는 무안한 듯 재빨리 덧붙였다.

"내가 자리 피해 주는 게 맞겠지? 집에 들어가자고 하면 거절할 테고."

"아무래도 집은 좀 그렇죠. 실례잖아요."

명훈의 말에 미래는 웃으며 장바구니에서 아이스크림을 하나 꺼내 명훈에게 건넸다. 오히려 영원이 당황스러운 마음에 미래를 빤히 쳐다보았다. 그러고 보니 달라졌다. 처음 봤을 땐 시니컬하긴 해도 놀라는 표정을 감추지 못했는데, 지금은 어떤 것에도 놀라지 않는 사람처럼 보였다. 무슨 생각을 하는 건지, 어떤 결론을 내린 건지 알 수 없어 답답했지만 차마 물어볼 수가 없었다. 자신 역시 어떤 대답을 원하는 건지 헷갈렸으니까.

영원은 미래가 아파트 입구로 들어가는 모습을 본 후에야 명훈에게 물었다.

"설마 나 찾아온 거야?"

명훈은 고개를 끄덕이며, 자리를 옮기자는 듯 놀이터를 가리켰다. 영원은 몇 번이고 뒤를 돌아본 후에야 명훈을 따라갔다.

명훈은 자연스레 그네에 다시 앉았다.

영원은 잠시 망설이다 옆 그네에 앉았다. 그러고 보니 몇 달 만이었다. 보육원에 있을 땐 종종 그네를 탔다. 주말이면 상주 선생님을 제외하곤 나오지 않았고, 어린아이들은 학교도 가지 않았으니까. 아이들의 손에 이끌려 나가 노는 걸 지켜보아야 했다. 보육원에는 평화가 찾아왔을까, 더는 찾아와 괴롭히는 사람들이 없을까, 걱정되었지만 차마 확인할 용기가 나지 않았다.

"무슨 생각을 그렇게 하냐?"

명훈은 아이스크림 포장을 뜯으며 물었다.

"여긴 어떻게 알고 찾아온 거야?"

명훈은 앞 동을 가리켰다.

"나 저기 살거든. 몇 번 봤어."

그제야 영원은 안심했다.

잠시나마 집이 알려졌을까 봐 마음을 졸인 터였다. 미래의 집에 들어오는 건 계획에 전혀 없던 일이었으니까. 적어도 미래의 공간만큼은 침범당하게 두고 싶지 않았다.

"난 왜 기다린 건데?"

"보험은 들었냐?"

"그건 왜 물어?"

"네가 사려는 게 뭔지 모르겠지만 사지 말라고."

진짜 모르는 건지, 아니면 모른 척하는 건지 알 수 없었다.

옥상에서 명훈을 만나고 며칠이 지난 후에야 처음 보는 번호로 링크 하나가 왔다. 이름을 밝히진 않았지만 누가 보냈는지는 뻔했다. 고등학교에 입학한 뒤 처음으로 누군가에게 번호를 준 거였으니까. 학교에 들어서는 미래를 발견하지 않았더라면 번호를 알려 주진 않았을 터였다. 명훈에게 대가를 주지도, 고맙다는 말도 하지 않았으니 이미 다크웹에 들어갔다는 걸 굳이 말할 필요는 없을 것 같았다. 소문을 낼 것 같진 않았지만 위험을 부담할 필요는 없었다.

명훈은 가볍게 그네를 움직이며 아이스크림을 먹었다. 아무리 봐도 소문은 사실이 아닌 것 같았다.

"왜 변명 안 해?"

"무슨 변명?"

"포주라는 소문 있던데."

명훈은 피식 웃었다.

"포주는 무슨. 우리 아빠가 그랬다, 나쁜 짓도 부지런한 놈들이 하는 거라고."

"억울하지 않아?"

"억울하긴 해도 좋은 점도 있잖아, 아무도 안 건드리고. 근데 이번엔 포주냐, 전에는 마약 던지기였는데. 발전한 건가?"

"그런 소문은 대체 왜 난 건데?"

"나도 몰라. 그냥 나던데? 소문은 소문일 뿐이니까 없어지겠지, 했는데 더 커지더라? 나중엔 신기하기까지 해서 내버려뒀어."

"헛소문이면 다크웹은 어떻게 아는 건데?"

"그거야 내가 컴퓨터를 잘하니까?"

명훈은 아무렇지 않게 말했다. 사실인지 아닌지 구분이 되지 않았다. 어느 쪽이라고 해도 영원이 상관할 바는 아니었다.

"친구 하나 없이 그렇게 지내는 게 좋아?"

"너도 친구 없잖아."

영원은 변명하려다 말고 이내 관두었다. 말도 안 되는 소문 때문에 없건, 소문이 사실이라서 없건 친구가 없는 건 마찬가지였다.

그래서일까.

어쩐지 루저끼리 모여 있는 것 같으면서도 묘하게 안심이 되었다.

"근데 뉴스에서는 너 고아라고 하던데?"

"고아 맞아."

"아까 그 누나랑은 무슨 사인데?"

"그냥 아는 사이."

명훈은 이번에도 고개를 끄덕이고 말았다. 진지하게 받아들이고 있는 건지 아닌 건지 헷갈렸다.

"내 말 믿어?"

"믿고 말고가 어딨어. 그냥 그러면 그렇다 하는 거지. 내가 믿는 게 뭐가 중요하냐. 아무튼 뭔진 모르겠지만 사지 마. 익명이라 안전할 줄 아는데 거기서 안전한 건 하나도 없어."

"내가 뭘 사든 너랑은 상관없는 거 아니야?"

"상관이 왜 없냐, 내가 알려 줬는데. 소문과 달리 깜빵에 가고 싶진 않거든?"

명훈은 장난스레 덧붙였지만 영원은 움찔했다.

정말 모두를 괴롭히고 있는 걸까. 내 삶이 끝난다는 이유로 다른 이들의 삶까지 지옥으로 끌고 가고 있는 걸까.

"왜 알려 준 거야?"

"알려 달라며."

"그게 다야? 후회하는 거 아니었어?"

"그러니까 사지 말라고 하는 거잖아, 그게 뭐든."

"그렇게까지 말릴 거면서 뭣하러 알려 주냐."

"누구라도 그랬을걸?"

영원은 그게 무슨 뜻인지 몰라 명훈을 쳐다보았다.

"세상 마지막 희망이라도 붙잡는 얼굴로 와서 보험이 필요하다고 하는데 외면할 사람이 몇이나 되겠냐."

명훈은 할 말을 다 했다는 듯 일어났다.

"넌 안 궁금해?"

"뭐가?"

"내가 진짜 아파서 죽겠다고 하는 건지, 쇼하고 있는 건지."

명훈이 어이없다는 듯 웃었다.

"그런 쇼를 하는 사람이 세상에 어딨냐, 바보도 아니고."

처음이었다. 아무렇지 않은 얼굴로, 아무렇지 않게, 아무것도 궁금해하지 않는 사람은. 모든 일이 간단해 보였다. 명훈이었다면 애써 죽게 해 달라고 하지 않았을까. 어쩔 수 없지, 그냥 기다리는 수밖에. 그렇게 아무 문제도 일으키지 않았을까.

"기왕이면 하나 더 달라고 할걸. 뭔가 아쉽네."

방금까지 심각한 얘기를 한 건 까먹기라도 한 듯 아이스크림을 다 먹은 명훈이 말했다. 문득 궁금했다. 언니에 대해 알고 있을까. 동네 사람들이 전부 알고 있다면 명훈 역시 알고 있지 않을까?

"아까 나랑 같이 있던 사람에 대해 아는 거 있어?"

명훈은 어이없다는 표정으로 영원을 쳐다보았다.

"네가 같이 있었으면서 지금 나한테 묻는 거냐?"

"그러니까 소문 들은 거 있냐고 묻는 거잖아."

"넌 진짜 내가 하나도 안 무섭나 보다?"

"소문이라며."

명훈은 피식 웃었다.

"소문 때문에 억울한 사람한테, 들은 소문 있냐고 묻는 거 너도 좀 웃기지?"

"그러니까 안다는 거야, 모른다는 거야?"

"부모님이 안락사한 거? 이 동네에 모르는 사람 없을걸? 전국적으로 유명했잖아, 세기의 사랑. 부부 동반 안락사는 국내 최초 아니었나? 그래서 소문이 좀 있었지. 아저씨는 사실 안 아플 거다, 아줌마가 안 아프다, 둘 다 사이비 종교에 빠진 거다."

국내 최초라는 말에 영원은 심장이 덜컥 내려앉았다.

기사에서 읽었을 때와 직접 듣는 건 전혀 다른 이야기였다. 국내 최초……. 그 무게를 다시 언니에게 지우는 거였다. 영원이 할 말을 찾지 못한 채 멍하니 있는 사이에도 명훈은 말을 이었다.

"그게 다야."

"그게 다인데 언니를 왜 그런 시선으로 보는 건데? 다들 수군거리고."

"그거야 안쓰러우니까."

"……."

"혼자 남아서 안 됐다, 안타까운 거지 뭐. 유쾌한 건 아니겠지만 수군거리는 사람들이 꼭 나빠서 그런 건 아냐. 내가 변명해 줄 일은 아니지만."

거기서 끝이었다.

명훈은 더 묻지 않았다.

"뭐든 사지 마. 난 할 말 다 했다. 근데 언니가 있어도 고아라고 할 수 있나?"

그제야 영원은 무심결에 언니라고 말해 버렸다는 걸 알았다. 어떻게든 수습하려는데 명훈은 대답을 기다리지 않은 채, 손을 들어 보인 후 돌아갔다.

명훈이 떠난 뒤에도 영원은 한참 동안 그네에 앉아 있었다. 앞으로 언니는 어떤 시선을 받게 될까. 그 시선 속에서 어떤 오해를 받게 될까. 언니라고 생각해선 안 된다고, 제멋대로 동정을 품고 돈을 보내오는 사람들처럼 한미래 역시 자신을 불쌍하게 여기고 있을 뿐이라고, 그러니까 언니가 아닌 한미래, 성도 엄마도 다른, 어쩌다 엮이게 된 사람일 뿐이라고 영원은 끊임없이 자신을 설득했지만 자신도 모르게 이미 미래를 언니로 받아들이고 있었다. 주머니에서 진동이 울렸다. 영원은 휴대폰을 꺼냈다. 도현이었다.

- 재판 기일 정해졌어.

문자를 보는 순간 법원에서 재판을 공개하기로 했다는 기사를 봤던 기억이 떠올랐다. 기사를 확인하려다 말고 어지럼증에 휴대폰을 내려놓았다가 잠깐 정신을 잃었었다. 그러곤 깜박 잊고 말았다. 영원은 얼굴이 하얗게 질려 다급하게 전화를 걸었다.

"재판이 공개될 거라는 거 사실이에요?"

도현이 전화를 받자마자 영원은 소리치듯 물었다.

"응, 너무 걱정하지 마. 재판 내용은 공개되겠지만 방청은 금지될 거야."

"언니 이름까지 나오는 거예요?"

도현이 말이 끝나기도 전에 영원이 물었다.

"아마도 그렇게 되겠지."

"싫어요. 어떻게든 언니가 드러나지 않게 해 주세요."

"그건 불가능해. 법원에서 이름까진 공개하지 않는다고 해도 어떻게든 알려지게 될 거야."

"아뇨, 싫어요. 그럴 거면 제가 인정 안 한다고 할래요. 어차피 언니 아빠가 내 아빠도 아니잖아요."

도현은 짧은 탄식을 내뱉었다. 그러곤 이내 침착하게 말했다.

"일단 침착하자. 힘들 것 알고 있었잖아. 원하는 것만 가질 순 없어."

영원은 아무 말도 할 수 없었다.

원하는 결말까지 가는 과정에서 모든 게 망가져 버릴 거라곤, 그렇게 누구의 삶도 되돌릴 수 없는 지경이 될 거라곤 생각하지 못했다. 도현이 연이어 무슨 말을 했지만 들리지 않았다. 이미 늦었다. 무슨 말을 해도 돌이킬 수 없었고, 어떤 말을 들어도 위로가 되지 않았다. 영원은 아파트를 올려다보았다. 멀리서 베란다에 나와 있던 미래가 그만 올라오라는 듯 손짓하는 게 보였다.

언제부터 서 있었을까.

왜, 어떤 마음으로 지켜보고 있었던 걸까.

서서히 눈앞이 흐려졌다. 한 발자국도 뗄 수가 없었다.

결정

법원에서 출석 통보가 왔다.

7주. 영원이 나타나고 7주가 지났다. 미래는 마음을 정하지 못했다.

"유전자 검사 요구할 거야."

지윤은 단호하게 말했다.

"거부하는 게 아니라? 마음 바뀐 거야?"

예상치 못했던 지윤의 결정에 미래는 의아하다는 듯 물었다.

"재판부에서도 속도를 내고 싶어 할 거야. 7년 전 기록이 있으니, 확인 절차를 생략하고 보호자 자격 여부부터 따질 테고."

"거부하길 바라는 거 아니었어?"

"거부할 거야?"

미래는 대답하지 않았다.

지윤은 미래를 빤히 쳐다보다 한숨을 내쉬었다.

"내 마음 바뀐 거 아니야. 동의해 주는 것도 싫고, 보호자 자격 취득하는 것도 싫어."

"유전자 검사를 하면 뭐가 달라져? 공증까지 받은 사실이 사라지는 것도 아니고, 네가 원하는 결과가 나오려면 내가 아빠 딸이 아니어야 하는데."

미래는 지윤의 의도를 이해할 수 없었다.

7년 전 기록이 잘못되었다고 말하고 싶은 건지, 영원의 존재를 몰랐던 것처럼 미래 자신도 모르는 출생의 비밀이 있는 건지. 순간 머리를 스치는 생각에 미래는 지윤을 빤히 쳐다보았다.

"설마 시간 끌려고 그러는 거야?"

"시간 끌 수 있으면 끌어야지. 네 눈엔 지금 걔 불쌍한 것만 보이겠지만 난 아니야. 내 눈엔 너 먼저 보여. 이 사건으로 네가 감당해야 할 몫이 얼마나 큰지 넌 전혀 안 보고 있잖아."

지윤은 숨을 고르고 말을 계속했다.

"결국에 네가 동의한다고 해도, 조금이라도 네가 보호자가 아닐 수 있다는 여지가 있으면 그 여파는 상상 이상일 거야. 가족이 아니니까 무책임하게 동의해 줬다는 말이 나올 거라고. 마치 네가 그 아이를 죽인 것처럼 떠드는 사람들이 반드시 나올 거야."

"잘못되면?"

"뭐?"

"욕 좀 먹기 싫어서 시간 끄는 동안 영원이가 잘못되기라도 하면? 그냥 죽으면 그건 괜찮아? 그럼 나한테 아무 책임도 없는 거야?"

"응, 없어."

지윤은 단호했다.

이제까지 한 번도 보지 못했던 차가운 얼굴이었다. 오직 원인과 결과, 이성만 믿는다는 변호사의 얼굴인 걸까. 자신과 영원이 둘 중에 선택하라고 할 때도 이토록 싸늘하진 않았다. 그런데도 왜 지윤이 안쓰러워 보이는 걸까.

"한미래, 감정적으로 굴지 마. 네가 뭘 하든 개가 죽을병에 걸렸다는 사실은 안 바뀌어. 걔 목숨은 너한테 달린 게 아니야. 넌 그저 그 애가 원하는 죽음을 맞이할 수 있게 동의해 주는 게 전부야. 네가 동의한다고 해도 법원에서 안락사를 허가한다는 보장도 없어. 끝이 뻔한 일에 네 인생만 걸고 있는 거라고."

"지윤아."

"안 한다고 하지 마. 네가 뭐라 하든 나는 내가 할 수 있는 걸 다 할 거야. 그게 너희 부모님이랑 내가 한 약속이기도 하고."

"나를 부탁하기라도 한대? 누가 보면 너랑 나랑 결혼이라도 한 줄 알겠다."

지윤의 얼굴에 순간 실망이 스쳐 지나갔다. 어쩔 수 없었다. 부모님이라는 단어가 나오자마자 화가 솟구쳤다.

"지윤아, 너도 잘 알겠지만 우리 미래가 그냥 내키는 대로 해 버리는 구석이 있잖아. 생일도 망치는 것 봐, 남아 있는 시간이 얼마나 긴지도 모르고. 그러니까 네가 옆에서 꼭 도와줘. 그 아이가 자기 인생을 망치려고 하면 꼭 막아 줘."

지윤은 마치 엄마라도 된 듯 줄줄이 읊었다.

기가 막혔다.

엄마를 흉내 내는 게 우스운 게 아니라, 진짜 엄마가 할 법한 말이어서. 인생을 망치기는커녕 사고 한번 친 적이 없었는데, 엄마는 늘 미래가 뭔가를 망치기라도 할 것처럼 그렇게 말하곤 했다.

대체 뭘 겁낸 걸까.

이젠 엄마 아빠가 어떤 인생을 살아온 건지 궁금할 지경이었다. 처음부터 두 사람이 안락사만 하지 않았더라면 이 모든 게 이토록 복잡해질 리는 없었을 거라고. 망친 건 내가 아니라 두 사람이라고, 미래는 소리치고 싶었다.

한참 후에야 미래는 한숨을 내쉬었다.

"알았어, 알았으니까 표정 좀 풀어."

미래의 말에도 지윤은 인상을 그대로 쓰고 있었다.

신기한 일이었다. 미래는 단 한 번도 지윤의 일을 자기 일처럼 대한 적이 없었는데, 어째서 지윤은 늘 자기 일처럼 대하는 걸까. 두 사람이 가까워진 건 중학교 때였다. 그날 미래는 사물함에 넣어 둔 체육복을 도둑맞았는데, 옆 반의 어떤 아이가 미래의 체육복을 입고 있었다. 이름을 쓰기 귀찮아서 손목 옆에 X자로 표시해 둔 체육복이었다. 가져간 아이는 그 표시가 딱히 이름이라 생각하지 않아서 내버려둔 모양이었다. 자기도 똑같이 해 놨다는 말에 귀찮아서 돌아섰는데 지윤이 나서서 싸웠다. 왜 훔쳤냐고, 다시 돌려주라고. 결국 그 애는 지윤의 성화에 못 이겨서 체육복을 벗어 냅다 던졌는데 그걸 또 주우라고 싸우다가 교무실까지 불려가 벌을 받았다.

"중학교 때 내 체육복 내놓으라고 싸웠던 거 기억나?"

"뜬금없이 무슨 말이야."

"나는 그냥 됐다고 하고 말았는데, 네가 끝까지 우겨서 받아 냈었잖아. 계속 궁금했거든. 그렇게까지 할 필요가 있었나?"

"봤으니까."

"뭘?"

"훔치는 거 봤거든."

"그럼 봤다고 하면 되지, 왜 말 안 했어?"

"너랑 친해지고 싶었거든. 목격자보다는 이유 없이 편들어 주는 애가 좀 더 친구 하고 싶잖아."

생각지도 못한 말에 웃음이 나왔다.

"나만 그런 거 아니야. 다들 그래. 자기가 원하는 게 있으면 한두 개 숨기는 것쯤은 일도 아니야."

"그렇게까지 해서 나랑 친해지고 싶은 이유가 뭐였는데?

나 그렇게 호감 가는 스타일 아니잖아."

"너희 엄마."

"응?"

"이벤트 엄마로 유명했잖아. 급식이 버젓이 나오는데 유명 맛집에서 도시락 공수해 오고, 행사도 없는데 꽃다발이 너무 예뻤다면서 당당히 찾아와서 주는 엄마. 네가 창피하다고 화를 내는데도 깔깔 웃으며 서프라이즈 성공했다고 좋아하던 엄마, 부럽더라. 아, 쟤랑 친하면 나한테도 저런 일이 일어날 수 있을까."

"나랑 친해지고 싶었던 게 아니라 엄마랑 친해지고 싶었던 거네."

"이제 알겠어? 보이는 거랑 속내는 다를 수 있어."

"속인 거 고백하는 것치고는 당당하다."

"그걸로 석고대죄하기엔 우리 사이에 너무 긴 시간이 있었잖아. 친구로서 할 수 있는 건 다 했다고 생각해."

"영원이도 마찬가지겠지."

"뭐?"

"속이고 있어도, 원하는 게 달라도, 적어도 할 수 있는 건 다 하고 있는 거겠지."

"언제부터 마더 테레사였다고 그래. 차라리 나한테 지랄을 해."

계속 말해 봐야 뱅뱅 돌기만 하는 이야기였다.

지윤이 기어코 엄마 얘기를 꺼낸 것도 미래의 마음을 돌리기 위해서 하는 말이라는 것 정도는 알았다. 그저 지윤이 원하는 걸 들어줄 수 없을 뿐이다.

"근데 너 진짜 성공했다. 파트너 변호사가 좋긴 좋구나. 사무실 진짜 끝내주네. 너 월급도 엄청 많이 받겠다?"

미래는 자리에서 일어나 사무실을 둘러보았다.

법원 통지서가 지윤에게 전달되는 바람에 사무실까지 온 터였다.

창가에 서자 서울이 훤히 내려다보였다. 멀리 남산타워가 보였고, 도로에는 차가 바쁘게 오가고 있었다. 미래는 자신이 지윤의 삶을 끌어내리는 건 아닐까 두려워졌다. 지윤은 미래와 달리 친구도 많고, 1등과 반장을 도맡아 하던 아이였다. 지금도 미래만 아니었다면 이런 사건에 얽히는 일은 없었을 거다. 이 일로 지윤 역시 공격당할 터였다. 이 사건에서 도현만 비난의 대상이 될 순 없었다. 적어도 도현에겐 찬성하는 사람이 있을 테지만 지윤에겐 온 세상이 적이 될 터였다. 영원의 안락사에 찬성하는 사람도, 찬성하지 않는 사람도, 미래가 어느 쪽에 서더라도 비난할 테니까. 미래는 자기 자신만 생각하느라 어린아이를 외면한 사람처럼 보일 거다. 그런데도 지윤은 미래에게 어떻게든 보호막을 마련해 주려고 애쓰고 있었다.

"미안해."

지윤이 말없이 미래를 빤히 쳐다보았다.

"나 때문에 이런 일을 하게 만들어서 진짜 미안해."

지윤은 금방이라도 울음을 터뜨릴 것 같았다.

그때였다.

노크 소리가 들리고 문이 열렸다. 동글동글한 얼굴에 편안한 옷차림을 한 수더분한 인상의 남자가 들어왔다.

"강지훈 씨, 맞죠?"

"드디어 뵙네요, 한미래 씨."

그가 활짝 웃으며 손을 내밀었다.

어쩐지 친구의 남자 친구와 악수를 하는 게 조금 웃겼지만 그 어설픔마저 지윤을 안심시킬 것 같아 다행이라는 생각이 들었다.

"친구분이 오셨다고 해서 잠깐 들렀어요."

"지난번 약속은 죄송했어요. 갑자기 급한 일이 생겨서."
"괜찮습니다. 들었어요. 당연히 가 보셔야 하는 일이죠."
그의 말에 지윤이 갑자기 그를 노려보았다. 그러자 그가 뜨끔한 듯 지윤의 눈치를 살폈다.

적어도 영원을 안타까워하는 사람이 한 명은 있겠구나. 조금은 안심되는 기분이었다. 지윤이라고 다르진 않을 거다. 어려운 사람은 두고 보지 못하는 성격인 걸 미래가 제일 잘 알았다. 방 안에만 있던 미래를 기어코 끄집어낸 것도 지윤이다. 미래만 얽히지 않았더라면 지윤 역시 백도현처럼 그 아이를 위해 싸웠을 수도 있겠지.

"다음에 식사 같이해요."
"네, 좋습니다. 부케 받아 주실 거라 들었어요. 가능하면 그 전에 뵈면 좋겠지만 안 되면 여행 다녀와서 식사 자리 한번 갖죠."

미래는 고개를 끄덕였다. 그는 곧 의뢰인이 온다며 사무실을 나갔다.

"부케?"
"당연한 거 아니야? 우리 사이에 굳이 물어봐야 해?"
"친구 제명이라도 된 줄 알았지."

"제명은 제명이고, 할 일은 하도록 해. 부케 받을 친구 하나 없는 사람처럼 보이고 싶지 않으니까."

"그래."

미래는 웃으면서도 머릿속이 복잡했다.

지윤의 결혼식까지 두 달 남았다. 그 시간 동안 상황은 어떻게 흐를까. 이 일이 전부 마무리되고 다시 예전처럼 돌아갈 수 있을까.

"한미래."

지윤이 진지하게 미래의 이름을 불렀다.

"무섭게 왜 또 그래."

"너, 네가 생각하는 것만큼 강한 애 아니야. 네가 다 짊어질 수 있다고 생각하지 마. 난 너 다시 무너지는 꼴 못 보니까."

미래는 차마 대답하지 못했다. 목 안에 무언가 콱 걸린 것처럼 답답했다.

사무실에서 나와 지하철을 타려는데, 교통 카드와 함께 백도현의 명함이 손에 잡혔다. 유전자 검사를 하게 될 것 같다고 말해 줘야 하는 것 아닐까. 대비할 시간이 필요하지 않을까. 또다시 지윤을 배신하는 기분이 들었지만 결국 지하철을 빠져나와 택시에 올라탔다.

도현의 사무실은 대로에서 한참을 들어간 구석진 골목에 있었다. 변호사 사무실이라고 적힌 창이 깨져 있었다. 테이프가 덕지덕지 붙어 있는 모양새에 미래는 인상을 구겼다. 죽어 가는 아이의 마지막 바람을 들어주는 게 온 세상을 적으로 만드는 일이라니. 부당하고 불합리한 일이었지만 화를 낸다고 해서 달라질 일이 아니었다. 벌어지는 모든 일에 일일이 화를 내다간 끝에 다다르기도 전에 지치고 말 터였다.

문 앞에서야 미리 연락하지 않고 무작정 찾아왔다는 사실이 떠올랐지만 여기까지 온 이상 들어가기로 했다. 문을 열고 들어가자 사무장으로 보이는 남자가 벌떡 일어났다.

"어서 오세요!"

변호사 사무실이라기엔 지나치게 밝은 인사에 미래는 멈칫했다. 당황한 것을 눈치챈 듯 그가 덧붙였다.

"아, 제가 인사성이 좀 밝죠? 놀라셨다면 죄송합니다. 어떻게 오셨어요?"

"백도현 변호사님을 만나러 왔는데요."

"약속은 하셨어요?"

고개를 젓는 순간 변호사 사무실 문이 열리고, 도현이 나왔다.

"한미래 씨, 여긴 어떻게 오셨어요?"

도현이 이름을 말하자 사무장 역시 놀란 얼굴로 쳐다보았다. 순식간에 하고 싶은 말이 많은 표정으로 변했다.

3일 후, 법원에 출석하고 나면 숱하게 겪게 될 시선이었다.

그 어린애를 죽게 내버려둘 거야? 가족 하나 없는 애를 외면하고 싶어서, 기어코 유전자 검사를 하겠다고 하는 거야? 네가 그러고도 사람이야? 당장이라도 확인하고 싶은 그 눈빛. 지레짐작하는 거라 말해도 어쩔 수 없다. 이미 한 번 겪어 봤으니까. 진짜 몰랐던 거야? 모르는 게 말이 돼? 한집에 살았잖아. 얼마나 모진 딸이었으면 부모가 죽어 갈 때까지 눈치를 못 채. 그러니까 하나밖에 없는 딸을 두고 같이 죽겠다고 하지. 아무리 서로 사랑한다고 해도 자식 두고 그렇게 갈 수 있는 부모는 없어.

추측만큼 쉬운 건 없었다.

"잠깐 볼일이 있어서 나왔다가 들렀는데, 바쁘시면 그냥 갈게요."

"괜찮습니다. 들어오세요."

도현의 말에 미래는 사무실로 따라 들어갔다. 깨져 있는 창 때문에 너저분해 보이는 바깥 사무실과는 다른 풍경이었다. 작은 공간이었지만 원목으로 된 벽과 밖이 훤히 보이는 창이 어우러져 아늑한 분위기를 풍겼다. 한쪽 벽면의 책장도, 책상 위도 깔끔하게 정리되어 있었다. 패브릭으로 된 소파는 따뜻한 분위기를 풍겼다. 영원이 왜 이 사무실을 택한 것인지 어쩐지 알 것 같았다. 이길 것보다는 내 편에 서 줄 것 같은 인상을 주는 변호사는 많지 않으니까. 33번째가 아니었다고 해도 영원은 그를 선택했을 터였다.

어색하게 앉아 있는 동안 사무장이 차를 가져다주었다. 보이차밖에 없어서 무슨 차로 할지 묻지도 못했다며 가볍게 사과한 뒤, 제대로 된 맛을 느끼기 위해선 4분 후에 마셔야 한다는 말을 남기고서 사무실을 나갔다. 그 말 덕분에 긴장이 조금 풀렸다.

"사무실이 예쁘네요."

"어머니가 인테리어를 하세요. 개인 사무실을 차린다고 했을 때 요즘 같은 세상엔 변호사도 먹고살기 힘들다며 반대를 많이 하셨는데, 그래도 선물이라고 해 주셨어요. 공짜는 아니었지만요."

"세상에 공짜가 없죠."

"그렇게 말씀하시는 분 치고는 많이 베푸는 사람 같은데요?"

그런가. 지금 미래가 하는 모든 일이 그저 동정을 베푸는 일에 불과한 걸까. 차라리 그편이 나을지도 모른다.

"영원이 변호사비는 어떻게 되는 건가요? 제가 내도 문제가 없다면, 제가 내고 싶어요."

"걱정하실 것 없어요. 애초에 돈 때문에 맡은 것도 아니었고, 사회 공헌 활동으로 인정받을 수도 있을 거고요. 그편이 제 마음도 편합니다."

"그래도……."

"영원이도 그랬어요. 지금 가진 돈이 부족하면, 집을 팔아서라도 주겠다고. 근데 그 돈을 받으면 제 마음이 편할 리가 없잖아요. 미래 씨 돈을 받는다고 해도 마찬가지고요."

막상 도현을 찾아오긴 했지만 어떻게 말을 꺼내야 할지 쉽게 입이 떨어지지 않았다. 그저 지윤이 알게 되면 또 한바탕 난리를 치겠다는 생각만 들었다. 그런 마음을 도현 역시 아는지 두 사람은 침묵 속에 차만 뚫어져라 내려다보았다.

"4분 지났어요."

"아…… 바쁘시죠. 그러니까 제가 여기 온 건……."

횡설수설하는 미래의 모습에 도현이 몸을 기울이더니 작게 말했다.

"사무장님이 차에 예민하시거든요. 지금도 창으로 우리가 차를 마실지 안 마실지 지켜보고 있을 거예요."

웃음이 나왔다. 힘없이 빠져나오는 웃음이 미래 역시도 황당했다. 이런 순간에도 사람은 웃는다. 돌이킬 수 없는 선택을 앞두고, 결국 원망하게 될 사람 앞에서 무슨 말을 해야 할지 알 수 없는 그 순간마저도.

"웃긴 게 뭔지 아세요?"

"뭔데요."

"보육원에서도 똑같았어요. 난 한바탕 쏟아 내려고 갔는데, 차를 주시더라고요. 보리차밖에 없다면서. 이 상황에서도 서로 예의를 차리는 게 뭔가 좀 이상하게 웃기네요."

"뭐든 시간이 필요한 법이니까요."

미래는 잠시 망설였다.

"사실 불편한 말 하려고 왔어요."

"유전자 검사를 하기로 했군요."

말을 꺼내기도 전에 알아차리는 도현의 모습에 미래는 놀랐다. 동시에 조금은 안심이 되었다.

"걱정하지 마세요. 충분히 예상했던 일이에요. 저희로선 최악은 피하는 셈이기도 하고요. 적어도 지난 결과를 반박하는 게 아니니까요."

"제가 영원이랑 같이 지내고 있다고 반박하셔도 괜찮아요."

도현은 고개를 저었다.

"우리가 하는 게 이기고 지는 싸움이 아니잖아요. 검사 결과는 이틀이면 나와요. 그 정도 시간은 우리한테 긴 시간도 아니고요. 최대한 빨리해 달라고 요청하면 법원에서도 받아들일 겁니다. 문제는 오히려 그다음이죠."

"제가 안락사에 동의하지 않으면…… 어떻게 되는 건가요?"

"재판부에선 보호자가 동의하지 않으니 불허하겠죠. 그럼 저희는 한미래 씨의 보호자 자격 여부를 놓고 항소해야 할 거고요. 그 과정에서 여러 사정이 알려지는 건 어쩔 수 없을 겁니다."

이전이었다면 협박처럼 들렸을 것이다. 네 인생이 피곤해질 테니 동의해 달라는 말처럼 들렸을 것이다. 하지만 지금은 미래 자신에게 올 화살이 아닌, 그 시간을 버텨야 할 영원이 먼저 떠올랐다.

"마음은 정하셨어요?"

도현의 질문에 미래는 가슴이 답답해졌다.

도망치고 싶었다. 지금 법원에 있는 것도 아닌데 갑자기 온 세상에 짓눌리는 기분이었다.

"3년 동안 궁금했어요. 엄마 아빠는 왜 나한테 묻지 않았을까. 두 분이 같이 죽겠다고 하는 마음은 너무 잘 알겠는데, 어째서 나한테 한마디도 해 주지 않았을까……. 안락사 하고 싶다고, 동의해 달라는 말을 왜 나한테 하지 않고, 서로를 보호자로 정했을까."

"그게 무슨……."

도현은 무슨 말인지 전혀 모르겠다는 얼굴이었다.

"남들이 모르는 건 다 알고 있으면서, 세상 다 아는 건 모르시네요. 저희 부모님도 안락사하셨어요. 국내 최초 부부 동반 안락사, 세기의 사랑. 그게 저희 부모님이에요. 안락사를 결정하고, 그 어렵다는 호텔 레스토랑 디너까지 예약한 뒤에 저를 불러서 말했어요. 우린 같이 죽을 생각이야, 그러셨죠. 동의가 필요한 게 아니라 사랑이 필요한 거라고."

"아……."

"알고 계셨던 거겠죠, 결정하는 게 어떤 일인지. 차라리 지금 당장 죽을 수 있겠냐고 물으면, 그럴 수 있을 것 같아요."

도현은 여전히 아무 말도 하지 않았다.

"1년 동안은 원망만 했어요. 어떻게 나한테 이럴 수가 있을까. 그러다 무뎌졌죠. 뭐, 두 사람이 언제는 나를 신경 썼었나. 세상에서 나를 가장 사랑한다는 눈빛을 하다가도 서로가 보이면 '미안, 넌 두 번째야'라는 얼굴을 했었거든요. 서로의 결심이면 충분했겠구나 싶었죠. 근데…… 영원이가 나타난 순간 화가 났어요. 엄마 아빠는 같이 죽겠다면서 내 의견을 묻지도 않았는데, 알지도 못하는 애 죽음에 동의해 주라니."

"……."

"그때 동의서에 사인했다면, 이번엔 두 번째니 조금은 덜 힘들었을까요. 참 나, 너도 죽고 싶니? 그래, 그럴 만도 하지 하며 사인해 줬을까. 계속 묻고 또 물었는데 여전히 잘 모르겠어요. 그냥 이 모든 시스템이 너무 거지 같다는 생각만 들어요."

"모두를 만족시키는 시스템은 존재하지 않으니까요. 법이라고 다르지 않은 거겠죠. 그 거지 같은 일에 연루시켜서 미안합니다."

도현은 고개를 숙였다.

사과를 받고 싶은 게 아니었다. 그런데도 이상하게 눈물이 날 것 같았다. 어쩔 수 없는 이 상황이, 시스템의 허점에서, 그 소외 속에서 결국 울어야 할 사람이 자신이 되고 만다는 것에 미래는 화가 났다. 어떤 선택을 해도 한 아이를 도울 수 없다는 데 무력감을 느꼈다. 어느 쪽이든 그 아이를 갉아먹고 말 것 같았다. 아무리 고민하고 마음을 쏟아붓는대도 달라지는 건 없었다.

미래는 잠시 고민했다.

회사에서 들은 것까지 말해야 하는 걸까. 도현은 알고 있을까. 알면서도 변호사의 비밀 유지 의무를 지키고 있는 걸까. 아니면 모르고 있는 걸까. 모르고 있다면, 모를 수 있다면 계속 몰라도 되지 않을까.

"저희 재판이 비공개로 진행되는 건 무리겠죠?"

"지금 상황에 이런 말을 하는 게 좀 그렇지만 영원이도 묻더군요. 재판을 비공개로 돌릴 수 없냐고."

"영원이가요?"

"두 분이 서로를 자매로 받아들이든 받아들이지 않든, 서로를 생각하는 마음은 비슷한 것 같아요. 제 말이 위로가 될지는 모르겠지만요."

미래는 궁금했다. 자매라서 그런 것인지, 아니면 그 누구라도 이런 선택을 하게 될지. 어느 쪽이든 확신할 순 없었다. 미래가 아무 말도 하지 않자 도현이 계속 말을 이었다.

"쉽지 않을 겁니다. 저희 쪽에선 이미 비공개를 요청했었는데 사회질서에 중대한 영향을 미칠 재판이라고 여겨 공개재판으로 돌린 것이니, 재판부에서는 이제 와서 다시 비공개로 돌릴 위험을 감수하지 않을 거예요."

"무슨 말이 어디서 어떻게 나올지 모르겠군요."

"한미래 씨 부모님이 안락사했다면 그 얘기 역시 나올 겁니다."

"상관없어요. 그에 대한 시선은 받을 만큼 받았으니까요. 문제가 있어요."

결국 미래는 부장에게 들었던 말을 고스란히 털어놓았다.

도현의 얼굴이 점점 굳었다. 대단한 연기자가 아니라면 정말 모르고 있었던 게 틀림없었다. 어느 시점에 어떻게 벌어졌는지 꼬치꼬치 캐물었지만 미래 역시 답해 줄 수가 없었다.

"정확한 사실 확인은 되지 않은 거군요."

"회사에서 조사한 거라면 거짓은 아닐 거예요. 단순히 테스트의 신빙성을 걸고넘어지는 거라면 방어할 방법은 많으니까요. 법령에 정해진 대로 테스트하는 건 안락사가 허가될 가능성이지, 병을 진단하는 게 아니니까요."

"그렇지만 영원이의 의도는 의심받겠군요."

"네, 회사에서도 처음부터 내놓진 않을 거예요. 그렇지만 그 확률이 계속 공격받게 된다면 결국 공개하겠죠."

도현은 말이 없었다.

"제가 드릴 수 있는 말은 여기까지예요. 솔직히 전 그 애가 진짜 약물을 샀다고 해도 이해할 수 있을 것 같거든요."

"살길 바라셨잖아요."

"지금도 그래요. 근데 밤마다 웃고 떠드는 소리가 들려요. 티브이에서 나오는 그 소리가 저를 미치게 만들어요. 너무 피곤한데, 너무 자고 싶은데 계속해서 귀에서 지지직거리는 느낌이에요. 나는 불행한데, 온 세상은 행복한 느낌. 그래서 나만 벌을 받는 기분. ……영원이가 느끼는 기분이겠죠."

미래는 그 순간 알았다.

자신이 어떤 결정을 내리게 될 것인지.

케이크

"치료할 방법은 진짜 없는 거야?"

담임은 조심스레 물었다. 그렇다는 영원의 대답 후에도 담임은 한참 동안 자퇴서만 빤히 쳐다보았다.

"백도현, 이 사람은 누구니?"

"지금 소송 맡아 주시는 변호사예요. 법적 후견인이기도 하고요."

담임은 말이 없었다. 한숨을 내쉬지도 눈물을 훔치지도 않았다. 영원의 사정을 어느 정도 알고 있는지도 알 수 없었다.

"언니는 동의한 거야?"

고개를 숙이고 있던 영원이 깜짝 놀라 담임을 쳐다보았다.

"저희 언니를 아세요?"

"지난번에 오셨는데, 몰랐니? 같이 가지 않았어?"

"언니가 뭐라고 했어요?"

영원의 목소리가 떨렸다.

"쓰러지면 본인에게 연락 달라고 하셨어. 앞으로 같이 살 거니까."

그때 언니는 학교 입구에서 영원을 기다리고 있었다. 담임을 만났을 거라곤 생각하지 못했다. 담임은 어디까지 알고 있는 걸까. 언니가 있는데 왜 변호사가 후견인이 되었는지도 알고 있을까. 아니면 평소처럼 무심하게 넘겼을까. 담임은 안락사에 관해 묻지 않은 유일한 어른이었다. 학교에서 쓰러진 후 다시 돌아왔을 때도, 학교까지 찾아온 기자들을 몰아낼 때도 전후 사정을 묻지 않았다. 언제나 "괜찮니?" 한마디가 전부였다. 아이들이 수군거리고, 다른 선생님들이 한마디씩 거들 때도 그만하면 되었다며 상황을 정리하곤 했다. 영원은 그런 담임이 고맙기도 했고, 진짜 전혀 궁금하지 않은 걸까 의아하기도 했다.

"선생님도 반대하세요?"

그제야 담임은 자퇴서에서 시선을 떼고 영원을 쳐다보았다. 눈빛이 흔들렸다.

"반대도 찬성도 아니야."

"그래서 아무 말도 안 하셨구나."

"선생님이라고 뭐든 아는 건 아니거든. 찬성이든 반대든 난 네가 살았으면 좋겠어. 그런데 그 말을 해도 되는지 알 수가 없어서 말 못 했어."

생각지도 못했던 말에 영원은 재빨리 창밖으로 시선을 돌렸다.

학교는 적막했다. 수업이 끝나자마자 아이들은 재빨리 학교를 벗어났고, 교무실 역시 거의 비어 있었다. 영원은 텅 빈 교실에 한참을 앉아 있다가 자퇴서를 들고 담임을 찾아왔다. 학교를 그만두겠다는 말에 미래와 도현은 잘한 선택이라고 했다. 당연히 담임도 흔쾌히 받아들일 거라고 예상했는데 담임은 자퇴서를 하염없이 보기만 했다. 무심히 넘어가던 이전과는 전혀 다른 모습이었다.

그때였다. 담임 자리의 전화가 울렸다. 그제야 자퇴서를 내려놓은 담임의 표정이 서서히 굳었다.

"할 말 없습니다. 또 전화하시면 업무방해로 신고하겠습니다."

처음 보는 냉담한 모습이었다. 담임은 애써 영원에게 시선을 주지 않았지만, 말하지 않아도 뻔했다. 미성년자 안락사 청구 재판 날짜가 정해졌다는 뉴스가 어젯밤 나갔으니까. 뉴스가 나간 후로 몇 통이나 전화가 왔을지 알 수 없었다. 결정 뒤 남아 있던 약간의 아쉬움이 사라졌다. 재판이 시작되면 관심은 더더욱 몰릴 테고, 더 많은 이들이 괴로워지겠지.

다시 전화벨이 울리다가 멈췄다. 담임은 수화기를 들어 옆에 내려놓았다.

"언제든 다시 와도 되는 거 알지?"

담임의 말에 영원은 고개를 끄덕였다.

지킬 수 없다는 걸 알면서도 하는 약속이 있다. 결국에 거짓말이 될 걸 알면서도 하는 말이 있다. 예전엔 이해가 되지 않았다. 굳이 왜, 할 필요가 없는 말을 해서 서로를 괴롭게 하는 걸까. 하지만 이제는 안다. 지키기 위해서 하는 말이 아니라 바랄 수밖에 없어서 하는 말이라는 것을.

"그동안 감사했습니다."

영원은 고개를 숙였다. 담임이 창가로 고개를 돌렸다. 영원이 교무실 문을 닫는 순간까지 담임은 옆모습만 보였다. 담임의 어깨가 떨리고 있었다. 영원은 이를 악물었다. 보육원에서 나올 때 정리할 건 다 정리했다고 생각했다. 학교를 그만둬도 미련이 없을 줄 알았는데, 심장이 조여 오듯이 아팠다.

"고영원."

고개를 돌리자 계단을 내려오는 명훈이 보였다. 옥상에 있느라 한참 전에 수업이 끝난 걸 몰랐던 모양이었다.

"안 가고 뭐 했냐?"

"자퇴서 냈어."

명훈은 어색하게 헛기침을 한 뒤에야 물었다.

"부럽다고 하면 좀 그런가?"

"아무래도 좀 그렇지."

영원은 피식 웃었다.

명훈을 좀 더 일찍 만났더라면 친구가 됐을지도 모르겠다. 아닌가, 절대 말을 섞지 않았을까. 지금은 아픈 아이지만 병에 걸리기 전 영원은 공부를 잘하는 아이였다. 아빠도 없고, 엄마도 돌아가셨지만 그래도 공부는 잘하는 아이.

"옥상엔 왜 그렇게 자주 가는 거야?"

문득 궁금해진 영원이 물었다.

"내가 교실에 있으면 다들 불편해하거든. 남들이 내 눈치 보는 것도 영 별로야."

"오해를 푸는 게 낫지 않겠어?"

"이제 와서 말한다고 믿겠냐. 그러기엔 늦었다."

"그래도 너한텐 시간이 있잖아."

영원이 무심코 내뱉은 말에 명훈이 얼어붙었다. 이제까지와 달리 어찌할 바를 모르는 얼굴이었다. 자퇴서 때문인 건지, 명훈 역시 또 다른 뉴스를 본 건지 알 수 없었다.

"뭐, 암튼 아파트에서 보자."

명훈은 어색하게 인사를 한 뒤, 재빨리 교실로 향했다.

재판이 알려지면 명훈은 어떻게 반응할까.

이기적이라고 삿대질이라도 할까.

어떻게 그렇게 가여운 사람에게 또 짐을 지우려고 하는 거냐고 못돼도 너무 못된 아이라고 할까.

불쌍한 아이보다는 나쁜 아이가 되는 게 낫다고 생각했었는데…… 언제부턴가 무서워졌다. 언니와 함께 살면서부터일까, 언니의 웃음을 본 이후부터일까. 적어도 누군가는 언니에게 자신이 그렇게 나쁜 아이는 아니었다고 말해 주길 바라는 마음이 왜 자꾸 드는 걸까.

한 계단 내려가는 순간, 눈앞이 핑 돌았다. 몰려오는 어지럼증에 영원은 재빨리 계단 손잡이를 잡고 쪼그려 앉았다.

지금은 곤란하다.

또다시 학교에서 쓰러질 순 없었다. 며칠 사이 부쩍 몸 상태가 안 좋아졌다. 어지럼증이 늘었고, 앞이 캄캄해지는 순간이 많아졌다.

가장 먼저 앞이 안 보이게 될 거야. 시신경이 가장 연약하니까.

의사는 그렇게 말했었다.

잠을 못 자서 결국 신경이 잠들 거라고. 깨어 있어도 앞이 보이지 않으면 잠든 것처럼 조금은 편안해질까.

차라리 그편이 나을지도 모른다.

적어도 제발 이제라도 마음을 바꿔 달라는 언니의 눈빛을 더는 보지 않아도 될 테니까. 재판이 진행된다는 소리에 언니는 티를 내지 않으려 했지만 영원의 상태에 훨씬 더 예민해졌다. 조금만 인상을 써도 금방이라도 하늘이 무너질 것 같은 얼굴을 하면서 애써 이를 꽉 다무는 게 보였다. 처음 만난 날 동생이라는 사실을 인정할 수 없다는 굳센 표정은 사라진 지 오래였다.

영원은 한승민, 그러니까 언니의 아빠를 만났던 날을 떠올렸다. 그는 신기한 듯 말했었다.

"우리 딸이랑은 별로 안 닮았네."

거짓말이라도 하는 거냐고 따지기도 전에 좋아하는 음식은 무엇인지, 취미는 무엇인지, 좋아하는 색깔은 무엇인지 잡다한 것들을 물었다. 영원의 대답마다 우리 딸이랑 똑같네, 우리 딸이랑은 다르네, 감탄하곤 했다.

그게 전부였다.

어떻게 자신을 찾아낸 거냐며 화를 내지도 않았고, 강제로 헤어졌던 자식을 만났던 것처럼 반가워하지도, 싫어하거나 좋아하지도 않았다. 살짝 놀랐지만 괜찮다고 했을 뿐이다. 그땐 아저씨의 담담함이 이상하지 않았다. 영원 역시 생물학적 아빠, 그러니까 길러 준 아빠는 아니지만 어쨌든 자신을 태어나게 해 준 아저씨를 만나는 데 별 감흥이 없었으니까. 이런 상황에서 만난 게 아니었다면 언니 역시 심드렁하게 반응하지 않았을까.

네가 우리 아빠 딸이라고?

우리가 자매라고?

이상하긴 하지만 어쩔 수 없지.

그렇게 점심 메뉴나 고민하지 않았을까.

영원은 어쩐지 그 심드렁함이 유전처럼 느껴졌다.

가족이라는 유일한 상징 같은 것.

그러니까 제발 언니가 마지막까지 그 심드렁함을 유지하길 바랐다. 과일 바구니를 들고 아줌마와 아저씨가 찾아왔을 때, 엄마가 처음 한 말은 친권 포기 각서에 서명해 달라는 말이었다. 그때 아저씨는 무심한 얼굴로 선선히 대답했다.

"원하신다면 해 드릴게요."

아저씨는 고민 없이 펜을 들었고, 변호사 공증까지 받겠다는 말에도 편할 대로 하라고 했다. 그때 그 무심함 때문에 아저씨의 진짜 딸이 곤란해졌다는 걸 알면 아저씨는 무슨 말을 할까. 여전히 심드렁한 얼굴로 그럴 수도 있지, 할 수 있을까.

희귀병이 가져올 수 있는 최악의 증상은 생각이 많아진다는 거였다. 아주 작은 사소한 일에서도 어떻게든 이유를 찾고 분석하려는 것. 해결될 수 없는 일은 그렇게 인생을 복잡하게 만든다.

집에 돌아오자 식탁 위에 케이크 상자가 있었다.

"언니 생일이에요?"

"내 생일은 이미 지났고, 학교 그만둔 거 축하해야지. 모든 학생의 꿈 아니야?"

미래는 상자에서 케이크를 꺼냈다. 망고케이크였다.

유명하고 구하기 어려운 케이크. 같은 반 아이들이 몇 번이나 도전했지만 못 샀다며, 언젠가 꼭 한번은 먹어 보고 싶다고 했었다.

"이거 되게 비싼 거 아니에요?"

"기다린 보람이 있네. 초는 안 꽂아도 되지?"

미래는 영원에게 숟가락을 내밀었다.

"뭐예요?"

"케이크 먹을 줄 모르는구나? 퍼먹어야 제맛이야."

숟가락을 받아 든 영원이 쭈뼛거리는 사이, 미래가 먼저 케이크를 퍼먹었다.

영원은 먹고 싶은 마음이 들지 않았다. 어제부터 속이 더부룩했다. 그러나 애써 준비한 듯한 미래의 마음을 생각하니 어쩐지 조금은 먹어야 할 것 같았다.

영원이 가장자리만 조심스레 뜨자 미래가 망고와 크림, 빵을 한술 가득 뜨며 말했다.

"이렇게 꽉꽉 먹어야 맛있어."

"제 식대로 먹을게요."

영원의 대답에 미래는 알아서 하라는 듯 가볍게 고개를 끄덕였다. 여전히 영원이 깨작거리는 동안 미래는 케이크를 먹는 데만 집중했다.

"언니, 케이크 진짜 좋아하나 봐요."

"좋아했었지."

"지금은 안 좋아해요?"

"진짜 짜증 나는 일이 있어도 케이크 먹으면 기분이 좋아졌어. 유난 떠는 건 딱 질색이었는데, 케이크는 예외였어. 나만의 의식이랄까."

같이 지내면서 미래가 케이크를 먹는 건 처음 보았다. 함께 지내는 날이 나쁘지 않았다는 걸까. 케이크를 좋아하는 줄 알았다면 생일 때 사 올걸 그랬다는 후회마저 들었다. 함께 산 지 얼마 되지 않았을 때 영원은 생일을 맞이했다. 생일에 딱히 의미를 두는 건 아니었다. 딱 1년이 남았다는 생각만 들었다. 소송에 지고 나면 버텨야 하는 시간 1년. 그래서 조용히 넘어갔다. 그 말을 하게 될까 봐. 이제 1년 남았다는 말로 분위기를 망치게 될까 봐.

"근데 부모님 돌아가신 뒤론 안 먹었어. 두 분이 죽는다고 말하기 직전에도 나는 케이크를 퍼먹었었거든. 아무것도 모르고, 맛있다고. 지금 생각해도 더럽게 맛있었거든. 매일 먹었으면 좋겠다 싶을 만큼. 그래서 그런가. 그 뒤론 못 먹겠더라."

미래는 숟가락을 움직이던 손을 멈추고 가만히 케이크만 바라보았다.

"근데 다른 방법이 생각 안 나서 먹는 거야."

미래의 목소리가 떨렸다. 영원은 아무 말도 할 수 없었다. 어색한 침묵도 잠시 미래는 태연하게 말했다.

"너 죄책감 느끼라고 먹는 거 아냐. 그러니까 그런 표정 지을 필요 없어. 빨리 먹어. 간만에 먹으니까 진짜 맛있다."

영원은 이 모든 상황을 만들어서 미안하다고, 케이크를 다시 먹게 만들어서 정말 미안하다고 말하고 싶었는데 입이 떨어지질 않았다.

"언니가 1시간 넘게 줄 서서 사 온 거거든? 땡볕에서 땀을 얼마나 흘렸는데. 그러니까 얼른 먹어. 아님 내가 다 먹는다. 나 진짜 혼자서 한 판 다 먹어."

미래의 너스레에 영원은 눈물이 고였다.

언니라는 단어가 가슴에 콕 박혔다. 처음이었다, 미래가 언니라는 단어를 직접 말한 건. 담임에게서 들었을 때, 도현에게 들었을 때, 의사에게 들었을 때와 전혀 다른 느낌이었다. 좋으면서도 심장이 조여 오는 느낌이었다.

영원은 애써 웃었다.

"평생에 한번 먹을까 말까 한 케이크인데 언니 혼자 다 먹게 둘 순 없죠."

"이깟 케이크 줄 또 서면 되지. 몇 번이고 사 줄 테니까 걱정하지 마."

미래는 대답 따윈 필요 없다는 듯 얼른 케이크로 시선을 돌렸다.

케이크가 전부 사라질 때까지 영원은 자신에게 묻고 또 물었다.

언니가 진짜 언니이길 바라는 건지.

지난 기록이 전부 거짓이라서 아무 상관도 없는 사람이 되길 바라는 건지.

어느 쪽이 더 언니에게 좋은 건지.

확인

 유전자 검사는 간단했다.

 면봉으로 볼 안쪽 점막을 몇 번 긁고, 모근을 채취하기 위해 머리카락을 뽑고, 정밀 검사를 위해 피를 뽑았다. 불과 5분도 걸리지 않았다.

 삶을 송두리째 흔드는 일이라고 믿기 어려울 만큼 모든 게 간단했다. 우스울 정도로 단순한 그 절차는, 오히려 의심할 틈조차 주지 않았다. 중대한 일인데도 별것 아닌 것처럼 느껴졌다. 누구도 그 단순함을 문제 삼지 않았다. 스틸 라이프가 사회에 빠르게 자리 잡을 수 있었던 이유도 바로 그 때문일 것이다.

'테스트 신청'부터 '신청 완료'까지 7번의 '다음' 버튼을 클릭해야 한다. 그동안 스틸 라이프는 설명도 위로도 하지 않는다. 필요한 정보만 요구한다. 그 간단함이 의구심을 앗아 간다. 의사가 동의하고 진단서를 써 주더라도 스틸 라이프 테스트를 통과하고 정부에 안락사 허가를 최종으로 받아야 한다. 정부의 허락을 받아야 된다는 사실에 불만을 품고 있는 사람들도 스틸 라이프 테스트 자체에 대한 의문은 품지 않았다. 불미스러운 사건을 만들지 않기 위해 적극적으로 찬성했다. 테스트에 처음으로 의문을 제기한 게 영원이다. 그래서일까. 최초로 의심을 품었다는 이유로, 미래까지 고통스러운 절차를 겪게 된 걸까. 영원이 테스트를 문제 삼지 않았다면 지금 미래가 피를 뽑는 일도 없지 않았을까.

법원에서는 유전자 검사 요청을 바로 받아들였다.

추후 심리 날짜는 검사 결과가 나오면 정하겠다고 선언한 뒤 곧장 폐정했다. 10분이 채 걸리지 않았다. 그런데도 뉴스에서는 10시간이 넘도록 두 사람의 이야기를 떠들고 있었다.

죽음을 원하는 16세 여자아이. 그리고 그 여자아이와의 가족임을 거부하고 있는 32세 여자.

더 자극적인 걸 원하는 언론답게 영원의 나이는 만으로, 미래의 나이는 세는나이로 표기했다. 모든 언론이 하나같이 똑같았다. 그마저도 영원의 나이는 현재 나이도 아니고 소장을 접수했을 때 기준이었다. 법적으로 허락하는 어른, 만 18세가 되기 전까진 고작 1년이 채 남지 않았다는 사실은 전부 지워 버렸다.

계속해서 모든 의견이 쭉 평행선을 그리며 교차점을 만들지 못하던 지윤과 도현은 처음으로 같은 의견을 냈다. 앞으로 언론 인터뷰를 일절 하지 말자고 했다. 미래와 영원, 두 사람 모두 역시 입장을 밝힐 땐 오직 변호사의 입을 통해서만 해야 한다고. 영원은 곧장 받아들였다.

병원 앞을 가득 메우고 있는 취재진 때문에 어쩔 수 없이 병원 대기실에서 기다리고 있을 때였다.

"웃기지 않아요?"

"그러게, 우리한테 인류의 미래라도 걸려 있는 것 같네."

"적어도 저한테는 조금 걸려 있긴 할걸요? 죽든 살든 국내 최초이긴 하거든요."

뒤늦게 영원은 아차 싶었는지 미래의 눈치를 살폈다. 미래는 괜찮다고 말하는 것도 조금 웃긴 것 같아 못 들은 척했다.

며칠 동안 우울해하던 모습만 보다가 평소처럼 돌아온 영원의 모습을 보니 안심이 되기도 했다.

"임상 실험 같은 건 전혀 없는 거야? 신약 개발 그런 것도 없어?"

"없어요. 연구하기에는 사례가 너무 적대요. 최소 몇 퍼센트는 돼야 한다고 했었는데, 상관없는 일이라 그런가 잊어버렸어요."

영원은 천진하게 대꾸했다.

"과학기술이라는 거 좀 웃긴 거 같아요. 그냥 돈 많고 똑똑한 사람이 필요하다고 생각해야만 발전하는 거잖아요."

평소의 미래라면 자본주의사회에서는 당연한 일이라고 대꾸했을 것이다. 하지만 영원의 지적을 듣고 나니 한없이 불공평하다는 생각이 들었다.

상황을 정리하겠다고 나간 지윤과 도현은 아직 올 기미가 보이지 않았다. 보나 마나 대답할 수 없다는 말만 하고 있을 텐데, 말할 수 없음을 말하는 데에도 적지 않은 시간이 필요한 모양이었다.

영원은 휴대폰으로 게임을 하고 있었다.

숫자 게임이었다. 똑같은 숫자를 겹치면 배수가 되며 점점 커지는 게임. 새롭게 생겨나는 숫자들 사이에서 계속해서 공간을 만들어 가야 하는 게임. 수학을 잘하는 아이일까. 그러고 보니 취미가 뭔지, 어떤 과목을 좋아하는지 그런 건 하나도 몰랐다.

"재밌니?"

"어디서 들은 건데요. 인생을 게임처럼 생각해야 된대요. 정해진 룰에 이유를 따지지 말고 주어진 대로 하나씩 타개해 나가야 한다고."

"말이야 쉽지."

그러자 영원이 다시 풉— 하고 웃음을 터뜨렸다.

"언니는 진짜 우리 엄마랑 똑같아요. 저희 엄마도 그랬어요. 비유에 중독되면 안 된다고. 안 좋은 일도 좋게 해석하는 버릇은 좋은 게 아니라고."

"똑똑한 분이셨네."

"전 좀 싫었어요. 있는 그대로만 보는 거 재미없잖아요. 언니 엄마는 어떤 사람이었어요?"

"봤다며. 자신을 원치 않는 자리에 가면서도 과일 바구니를 사 들고 가는 사람, 그게 우리 엄마였어. 당신이 어떻게 생각하든 나는 내 기분을 지킬 거야."

"멋진 분이셨네요."

"당해 보면 별로 그렇게 생각하지 않을걸."

"전 좋았어요. 완전 살얼음판 같았는데, 아줌마가 이름도 모르겠는 과일을 들면서 '이런 건 진짜 먹어 본 적이 없지 않아?' 했을 때, 갑자기 재밌기까지 했거든요. 어이없이 웃긴 상황이 되어 버리는 거, 되게 괜찮았어요."

여전히 영원의 시선은 게임에 가 있었다. 점점 공간이 줄어들어 금방이라도 게임이 끝날 것 같았지만 영원은 어떻게든 배수를 만들어 가며 위기를 빠져나가고 있었다. 주어진 대로 타개해 나가는 게 인생이라면 지금 이 상황도 빠져나갈 수 있는 걸까. 아니면 곧 게임 오버가 뜨게 될까.

미래는 잠시 망설였지만 지금이 아니면 물을 기회가 없을 것 같았다.

"약을 사려고 했었니?"

영원의 손이 멈췄다.

순식간에 화면 속 공간이 꽉 차고 곧 게임 오버가 떴다. 멈칫하던 영원은 '재시작'을 눌렀다.

"한 알이면 된대요."

"……"

"한 알에 천만 원. 천만 원만 주면 죽게 해 달라고 난리를 안 쳐도 된다고 하니까. 치료비보다는 훨씬 싸기도 하고."

"그래서…… 샀니?"

"그랬더라면 지금 여기 있지도 않겠죠."

"왜 안 샀어? 불법이라서?"

"그런 거면 진즉에 구하려고 시도도 안 했겠죠. 저 같은 애가 또 있을까 봐 안 샀어요."

"미성년자라서 안락사 못 하는 애?"

영원이 힘없이 웃었다.

"아뇨. 지금은 무슨 투사처럼 됐지만, 저 그렇게 정의로운 애 아니에요. 그냥 약 먹고 죽으면 이 병 때문에 죽은 줄 알 거 아니에요. 평균 치사율에 보탬이 되고 싶지 않았다고 해야 되나. 저랑 다르게 오래 살고 싶은 사람도 있을 거 아니에요. 누군지는 몰라도 그 사람이 나 때문에 죽을 거라고 생각하는 게 싫었어요."

미래는 말문이 막혔다. 이대로 대화를 끝내고 싶었지만 지금이 아니면 물을 기회가 없을 것 같았다.

"그게 언제였어?"

영원은 다시 게임을 멈췄다.

"저 쓰러졌던 날 기억나세요? 그러고 며칠 지나지 않아서였어요."

미래가 무슨 말을 하기도 전에 영원이 황급하게 덧붙였다.

"언니 때문에 그런 거라고 오해하진 마세요. ······계속 그렇게 쓰러질 수도 있다니까 충동적으로 그랬어요. 이틀이나 잤다는데 별로 안 개운했거든요."

영원은 어쩔 줄 모르는 표정이었다. 미래는 안심했다. 소송 때문에 회사가 시끄러워진다고 해도 부장의 말대로 회사 역시 그 사실을 공개하긴 쉽지 않을 터였다. 테스트와는 무관한 시기였으니까. 그렇다고 완전히 마음을 놓을 순 없었지만.

얼마 지나지 않아 대기실 문이 열렸다.

네 사람은 지하 주차장으로 내려왔고, 미래와 영원은 서로의 변호사 차에 탔다. 병원 앞에는 여전히 취재진이 몰려 있었다.

"스타가 된 기분이 이런 건가."

병원에서 꽤 멀어진 후에야 미래는 가림막을 올리며 말했다.

"좋으시겠어요."

"스타 변호사가 된 기분은 어떠신가요?"

"제가 좀 외모가 출중하긴 하죠. 카메라 빨이 기가 막히게 받을 것 같아서 아주 신이 납니다. 온 세상이 내 미모를 이제야 알아주는구나."

"역시 내 친구야. 돌아왔구나."

"미친 소리 그만해. 짜증 나는 거 억지로 참고 있으니까. 악마 같은 놈들, 조회 수 좀 올리자고 온갖 자극적인 소리 늘어놓는 주제에 헛소리나 하고."

"무섭다. 왔다 갔다 하는 거."

순간 신호가 바뀌는 바람에 지윤이 급정거했다.

"시간만 번 거 알지?"

지윤은 조금 전 흥분은 감춘 채 걱정스레 말했다.

미래는 괜찮다는 듯 웃어 보였다.

"어른일 때 고아가 되면 좋은 게 딱 하나 있는데 뭔 줄 알아?"

"그래, 차라리 헛소리를 해라."

"고아라는 이유로 친구가 떠나는 일은 없다는 거야."

다시 출발하려다 말고 지윤은 미래를 쳐다보았다.

"영원이, 친구가 없다더라. 엄마가 돌아가시고 보육원으로 간 후에 친했던 애들이 서서히 멀어졌대, 불편해하고. 한 명이 아파트에 찾아오긴 했었는데 본인이 친구는 아니라 하니까 아닌 거겠지. 그날 이후로 딱히 교류도 없는 것 같고."

"나한테까지 동정심 불러일으키려 하지 마."

"그런 거 아니고 고맙다고."

지윤은 잠시 말이 없었다.

"말렸었어."

뜬금없는 말에 지윤을 쳐다보았지만 지윤은 앞만 볼 뿐, 시선을 돌리지 않았다.

"너 우리 집에 와 있을 때, 그때 너네 엄마 아빠 말렸어. 안락사는 절대 안 된다고. 지금 당장 치료법은 없어도 그래도 몇 년 더 해 보면 완치될 수도 있는 거 아니냐고."

"……."

처음 듣는 이야기였다.

"울며불며 매달렸었는데, 안 되더라. 내가 아니라 네가 울면서 매달리면 들어줄 거냐고 당장 끌고 오겠다고, 일주일을 꼬박 매달렸는데 안 됐어. 그때 그러시더라. 네가 안 매달려서 다행이라고. 나처럼 똑같이 한다고 해도 달라질 게 없어서, 똑같을 거라서. 나한테 미안하다고 하셨어. 너한테 상처 주고 싶지 않아서 지금 나한테 주는 거라고."

"……."

"그 애가 나타났을 때 알았어. 네 마음을 내가 어떻게 할 수 없다는 걸."

"……."

"실망했니?"

"아니. 다행이다 싶어. 누구 하나는 엄마 아빠 잡아 줘서. 계속 마음에 걸렸거든. 그때 내가 잡았어야 하는 것 아닐까. 그럼 달라질 수 있지 않았을까."

"……."

"잡든 안 잡든 남는 사람은 결국 남을 수밖에 없는 거구나."

집에 도착할 때까지 두 사람은 아무 말도 하지 않았다. 미래는 자신도 모르는 사이 잠들었다. 영원이 나타난 후로 한 번도 제대로 자지 못했던 잠이 그제야 몰아쳤다.

낙원

 영화보다 드라마를 좋아했다.

 드라마엔 늘 엄청나든 시시하든 반전이 있었으니까. 남들은 다 아는 일을 주인공만 모르고 있기도 했고, 가끔은 모른 척하던 주인공이 알고 있기도 했다. 쟤, 분명 배신할 거라고 장담했던 얄미운 조연이 알고 보니 의리파일 때도 있었다. 재미가 있건 없건 다음 회가 되면 무조건 몰랐던 사실이 등장했다.

 그렇게 아는 게 좋았다.

 무겁든 가볍든 비밀은 결국 다 밝혀졌다. 알고 나면 시시해졌다. 정말이지 다 별것 아닌 것처럼 느껴졌다.

영원은 주머니에 손을 넣었다.

작은 알약이 만져졌다.

사실대로 말했어야 할까. 속일 생각은 없었다. 무심코 거짓말이 튀어나왔다. 거짓말을 해야 한다는 압박감도, 솔직히 말해야 한다는 고민도 없었다. 언니가 왜 사려고 했던 거냐고 묻지 않고, 왜 샀냐고 물었다면 알약을 꺼내 보여 줬을지도 모른다. 결국엔 다 변명이겠지만.

영원에게 안락사 약을 살 수 있다고 말해 준 사람은 없었다.

언젠가 한 간호사가 몰래 약을 빼돌리다 체포되었다는 기사를 보긴 했지만 기회가 될 거라고 생각하지도 않았다.

병원에서 깨어났을 때, 간호사들이 하는 말을 엿들었다. 다크웹을 통해 유통했다더라, 마약이든 장기든 뭐든 파는 곳에서 펜트바르비탈나트륨이라고 못 팔겠냐며, 두려움을 토로하는 말이었다. 영원은 병원을 나오자마자 펜트바르비탈나트륨을 검색했고, 안락사에 사용되는 약물이라는 것을 알았다. 세상 말세라는 말을 듣고 내 세상을 끝장내기로 결심하는 게 조금 우습긴 했지만 어쩌겠는가. 그때부터 영원의 머릿속엔 오직 다크웹, 펜트바르비탈나트륨 두 단어만

둥둥 떠다녔다. 어떻게 접속해야 하는지 알 수 없었고, 명훈이 다크웹을 통해 활동한다는 소문이 기억난 터였다. 헛소문이긴 했지만 적어도 그가 알려 준 방법은 진짜였다.

천만 원.

병에 걸리지 않았다면 그 돈을 뜻대로 인출할 수도 없었겠지만, 병원비를 내야 한다는 핑계로 모든 게 허락되었다. 그러니까 죽는 것, 그것 하나 빼고는 전부 마음대로 할 수 있었다.

약을 먹지 않았던 이유 역시 거짓말이었다.

치사율 따윈 관심 없었다. 오히려 빠른 죽음이 안심될 거다. 비로소 편하게 잠들 수 있다는 말이었으니까.

그저 기회를 잃었을 뿐이다.

언니가 거절하면 그때 먹으려고 했다.

동의하지 않아, 그 한마디를 한다면.

근데 언니가 그 한마디를 하지 않았다. 처음부터 단 한 번도 고려하지 않았던 사람처럼, 동의하는 걸 두려워하면서도 차마 그 말을 내뱉지 못했다. 그 한마디면 유전자 검사를 받을 필요도, 사람들의 손가락질을 받을 필요도 없었는데…….

"괜찮니?"

도현이 물었다.

"몽롱하긴 한데 괜찮아요. 관절마다 쑤시는 것도 익숙하고, 메스꺼운 것도 평소 정도고, 기분도 나쁘지 않고요."

"괜찮다는 말에 대해서 다시 배워야 할 것 같다."

영원은 웃음이 나왔다.

그러자 도현이 머쓱한 듯 헛기침을 했다.

"언니는 좋은 사람인 것 같아요."

"언니가 잘해 주니?"

영원은 고개를 끄덕인 후 덧붙였다.

"예전에 엄마가 그랬어요. 사람들은 자기가 좋은 사람이라고 생각하는 사람을 따라 한대요. 아무리 나쁜 사람이라도 무의식적으로는 좋은 사람이 되고 싶어 한다나."

"언니를 따라 하고 싶어져?"

"아저씨가 언니랑 닮아 가는 거 같아서 한 말이에요. 처음 만났을 땐 농담 같은 거 못 하시는 분이었잖아요."

도현의 헛기침이 더 심해졌다.

"누가 보면 아저씨가 환자인 줄 알겠어요."

앞서가는 차가 눈에 들어왔다.

처음 지윤을 봤을 때, 영원은 조금은 기대했다. 지윤은 잔뜩 경계 어린 얼굴로 절대 동의해 줘선 안 된다고 말하고 있었다. 동생이든 뭐든 절대 친구의 인생을 망치게 두지 않을 거라는 결연한 태도였다. 금방이라도 모든 걸 뒤집어엎을 듯 굴었지만 위악은 늘 티가 난다. 영원에게는 지윤의 표정 뒤에 감춰진 나약함이 보였다.

"유전자 검사 결과가 나온 후엔 어떻게 되는 거예요?"

영원이 물었다.

"만에 하나 혈연관계가 아니라고 나온다면 동의서 사인 여부와 관계없이 소송이 진행될 거고, 혈연관계가 성립된다고 나온다면 한미래 씨의 동의 절차가 이어지겠지."

영원은 입술이 바짝 말랐다.

"언니가 동의하지 않으면요?"

"원칙대로라면 혈연관계가 인정된다고 해서 곧장 법정 보호자가 되는 건 아니야. 유전자만 공유한 사이일 뿐, 가족 관계가 될 수 없음을 주장해야겠지. 그 과정에서 정자은행에 관한 이야기 역시 밝혀야 할 테고, 시간이 좀 더 걸릴 거야."

"동의해 주면 소송을 취하할 수도 있는 거예요?"

"할 수야 있겠지만 괜찮겠어?"

조금 전과 달리 도현은 걱정스레 물었다.

"우리 사건이 특별 케이스이긴 하지만, 법 시행 후 미성년자 안락사는 단 한 번도 승인된 적이 없어. 신청하지 않았던 게 아니라 부모가 동의했음에도 불구하고 테스트를 통과하지 못했으니까. 언니가 동의해 준다고 해도, 테스트 결과가 다르게 나온다는 보장이 없고, 무엇보다……"

"테스트 결과에 상관없이 안락사하겠다고 소송 건 거니까요."

영원이 이해했다는 듯 도현의 말을 자르며 답했다.

"소송을 계속하면 가능성은 있는 건가요?"

"법원에서도 부담스러운 재판이긴 마찬가지니까, 의사 증언도 확실한 만큼 오래 끌고 싶어 하지 않을 거야. 문제는 재판이 진행되는 동안 스틸 라이프에서……"

조금 전과 달리 도현은 말끝을 흐렸다.

영원은 도현을 쳐다보았다. 무언가를 숨기고 있는 사람의 얼굴, 말하고 싶은 걸 애써 감추고 있는 그 표정을 영원은 알고 있었다.

"언니가 약 얘기 아저씨한테도 한 거죠?"

도현은 말이 없었다.

"알려지든 말든 상관없어요."

"그렇게 간단한 문제가 아니야. 의도가 어떻든, 네가 그 약을 사려고 했다는 사실만 남을 거야. 사람들은 안락사가 아니라 자살이라 떠들게 될 거야."

"뭐가 다른데요?"

"너도 다르다고 생각해서 이 싸움을 시작한 거잖아."

할 말이 없었다.

하지만 의도가 중요하지 않다면, 뭐가 다르다고 할 수 있을까. 어차피 똑같은 약을 먹고 죽게 되는 건데. 허락을 구해야만 하는 죽음 앞에서, 구제받을 수 없는 아픔보다 사회의 안정이 먼저라는 말에 왜 아픈 사람이 동의해 줘야 하는 건가.

이해할 수도, 동의할 수도 없었지만…… 앞서가는 차가 계속해서 눈에 들어왔다.

"알려지면 언니한테도 문제가 되나요?"

"의심은 받겠지. 프로그래머니까. 스틸 라이프에서 근무하고 있기도 하고."

"언니는 몰랐던 일인데도요?"

"너도 알잖아. 사람들은 그런 건 전혀 신경 안 쓴다는 거."

"……."

수많은 말이 가슴 속에서 드글거릴 뿐 하나도 빠져나오지 못했다. 애초에 언니를 찾아오는 게 아니었다고, 아니, 약을 구하자마자 먹었어야 했다는 후회만 들었다.

 낯선 아줌마의 말을 믿는 게 아니었다.

 살면서 진짜 어떻게 해야 할지 모르겠다 싶은 일이 생기면 언니를 찾아. 갑작스러운 동생의 존재에 놀라긴 하겠지만 보통 매정한 애가 아니거든. 기분이 어떻건 바로 팩폭 날려 줄 테니까. 처음 맞을 땐 좀 얼얼해도 곧 알게 돼. 아, 그게 정답이구나.

 이상한 과일 바구니나 들고 오는 사람의 말을 믿는 게 아니었는데, 영원은 후회가 밀려왔지만 집에 도착해 앞차에서 내리는 미래의 모습을 보며 깨달았다. 말도 안 되게 저 사람을 좋아하게 되어 버렸다는 걸. 한 달이 조금 넘는 시간을 함께 보내며 언니라는 걸 확인해서가 아니다. 그저 저 사람이 좋아져 버렸다.

 영원은 진심으로 바랐다.

 심드렁한 얼굴로 얼른 내리라고 손짓하는 저 여자가 언니가 아니기를, 반쪽짜리 유전자도 섞여 있지 않기를. 이제까지 밝혀진 진실이 전부 진실이 아니라고 해도, 과거의 친자 검사 역시 진짜가 아니었다고 해도 상관없으니, 상관없는 사람으로 나오기를. 오해해서 미안했다고 가볍게 사과하고 떠날 수 있기를.

착잡한 영원과 달리 미래는 평소보다 명랑하게 굴었다.

"어디 갈래?"

집에 들어오자마자 미래는 테이블 위에 지도를 펼쳤다.

"뭐예요? 요즘 누가 종이 지도를 봐요? 진짜 프로그래머 맞아요?"

"이래서 애들은 안 된다니까. 낭만이 없어, 낭만이."

"낭만 찾는 거 진짜 안 어울리는 거 알아요? 갑자기 어딜 가는데요?"

"곧 있으면 여기도 시끄러워질 거야. 이틀 동안 조용히 바람이나 쐬고 오자. 다트라도 던질까?"

"다트도 있어요? 됐거든요."

여행이라니.

영원으로선 생각지도 못한 일이었다. 여행을 간 적이 한 번도 없었다. 먹고살기 힘들 정도로 여유가 없었던 것도 아닌데, 엄마는 아빠 없이 여행을 가는 게 싫다고 했었다. 평소엔 늘 당당하게 어깨를 펴라고 말했으면서 휴가철만 되면 불완전한 가족처럼 느껴졌던 건지, 아빠가 그리워지기라도 한 건지, 죽은 아빠에 대한 죄책감 때문인지는 모르겠지만 평소보다 야근도 자주 했다. 죽기 전 엄마는 함께 여행한 적이 없다는 걸 후회했지만 영원은 한 번도 투정을 부린 적이 없다. 자신이 짐처럼 느껴지는 상황이 되면 내 기분 좀 알아달라는 말은 할 수 없게 되니까.

"제주도까지 가는 건 좀 오버겠지?"

"진짜 가요?"

"가짜로 가는 것도 있나, 그러지 말고 말해 봐. 가고 싶은 곳 없어? 바다가 보고 싶다거나, 그런 거 없어? 가슴 탁 트이는 데 가서 소리 한번 세게 지르고 싶다."

"영화 그만 봐요."

미래는 피식 웃었다.

"가고 싶은 데 없으면 내가 정한다? 바다도 좀 보고, 병원도 있고…… 강릉 어때?"

"가 본 적 없어요."

"잘됐네. 짐 챙겨."

"진짜 간다고요?"

"너 그렇게 계속 진짜 확인하는 거 안 좋은 버릇이야."

"어차피 곧 죽을 텐데요, 뭐."

영원은 아차 싶었지만 미래는 딱히 동요하지 않았다.

"죽기 전까지 안 하면 되겠네."

짐이라고 해 봐야 쌀 것도 없었다.

보육원에서 집으로, 집에서 미래의 집으로 오는 동안 점점 짐이 줄었다. 옷 몇 벌 말고는 딱히 필요한 것도 없었다. 영원은 책가방에 옷과 속옷을 넣은 뒤 방에서 나왔다.

준비를 끝낸 미래가 마지막으로 식탁 위에 있던 약봉지를 챙겨 들었다.

"가자."

영원은 미래를 따라 엘리베이터를 타면서도 불안했다.

심장이 빨리 뛰었는데, 걱정 때문인지 조금은 설레는 마음이 들어서인지 헷갈렸다. 미래는 지하 주차장으로 갔다. 주차장 구석에 세워 둔 차 안에서는 케케묵은 냄새가 났다.

미래는 창문을 내리며 말했다.

"간만에 운전하는 거야. 유전자 결과 나오기 전에 우리 죽을 수도 있어."

"그런 말을 아무렇지도 않게 하네요. 보통은 다들 조심하던데."

"가는 데 순서 없다는 말이 괜히 있겠니?"

정말 아무렇지 않은 건지, 애써 아무렇지 않은 척하고 있는 건지 헷갈렸다. 경고를 날린 것과 다르게 미래의 운전에는 아무런 문제가 없었다.

지하 주차장을 빠져나올 때, 아파트 입구 앞을 기웃거리는 기자들이 보였다. 병원에서부터 쫓아온 모양이었다.

무슨 말을 듣고 싶은 걸까.

도현이 말했던 대로 법원은 시민단체의 재판 공개 요청을 받아들이면서도 방청을 허락하진 않았다. 유전자 검사의 시행 일자와 병원 역시 공개하지 않았다. 그런데도 기자들은 병원에 몰려들었다. 검사 결과가 나올 때까지 온갖 추측이 쏟아질 터였다. 쏟아지는 관심은 익숙해지려야 익숙해지지 않았다. 영원은 끊임없이 목이 졸리는 기분이었다. 그들이 원하는 대답은 하나뿐이었다. 시스템에 대한 오해가 있었으니, 지금이라도 어떻게든 살아 보겠다고 소송을 철회하는 것.

영원은 미래를 쳐다보았다.

앞만 보고 있는 얼굴엔 표정이 없었다. 지긋지긋하겠지. 내가 왜 너 때문에 이런 소란을 겪어야 하느냐고 따지고 싶지 않을까. 원망의 말을 한마디도 내뱉지 않는 이유가 뭘까.

"얼굴 닳겠다."

영원은 괜히 민망해져 휴대폰이나 보려는데 갑자기 머리가 핑 돌더니 순간 눈앞이 캄캄해졌다. 제발, 지금은 곤란했다. 바람과 달리 눈이 빠질 것 같이 아팠다. 영원은 소리를 지르지 않기 위해 애써 이를 꽉 깨물었다.

영원은 눈을 질끈 감았다 떴다.

뿌옇게 흐릿해진 앞이 점점 밝아지더니 조금씩 선명해지기 시작했다. 안도감이 밀려왔다.

"아프니?"

"아뇨."

"아프면 말해도 돼. 멀리 안 가고 호캉스나 가면 되니까."

"집은 안 갈 건가 봐요?"

"아까 봤잖아. 나도 네 덕분에 퇴직금 탕진 한번 해 보지, 뭐."

"언니 잘렸어요?"

영원은 소리를 지르다시피 큰 소리로 물었다.

"안 아픈 거 맞나 보네. 잘리긴 누가 잘려. 그만뒀어."

"왜요? 저 때문에요?"

"아니라곤 못 하겠네. 근데 꼭 너 때문은 아니야. 죄책감 가질 필요 없어. 진짜 안 아픈 거 맞지? 톨게이트 들어가면 못 돌아가."

머릿속이 복잡한데도 영원은 돌아가고 싶지 않았다.

"괜찮아요."

강릉도, 바다도 처음이었다. 다른 아이들이 중학교 졸업 여행으로 제주도에 갈 때, 영원은 아픈 엄마를 두고 갈 수 없어서 가지 못했다. 영원은 갖지 못할 걸 애써 갖고 싶어 하는 타입이 아니었다. 그래서 바다를 보고 싶다는 생각도 하지 않았었지만, 지금은 정말로 바다가 보고 싶었다.

언니가 말하지 않는다면 굳이 캐묻고 싶지 않았다. 설령 자신 때문에 그만두었다고 해도.

한숨 자라는 미래의 말에 괜찮다고 해 놓고 영원은 이내 잠이 들었다.

바다가 한눈에 내려다보였다.

거실에서도, 침실에서도, 심지어 욕실에서도 바다를 내려다보며 반신욕을 할 수 있었다. 드라마에서나 볼 법한 호텔이었다.

"언니, 부자였어요?"

"갑자기 막 살고 싶어지지?"

순간 영원은 할 말을 잃었다.

언니가 가볍게 툭 던진 말이 진심인지 농담인지 구분되지 않았다.

"저 속물 아니거든요!"

영원은 움찔하는 바람에 더 크게 정색하고 말았다. 그 모습에 미래가 웃었다. 그 웃음이 되레 쓸쓸해 보였다.

"말했잖아, 퇴직금 탕진하는 거라고. 이틀 밤 정도는 부자 놀이를 해 보는 것도 나쁘지 않겠지."

미래가 짐을 푸는 동안 영원은 호텔 방 안을 샅샅이 살폈다. 침대에 누웠다가 욕실에 가서 배스 용품도 하나씩 살피고, 가운도 입어 보았다가 욕조에 들어가 누웠다가, 냉장고를 열어 음료도 하나씩 살펴보고, 소파에 앉았다 누웠다, 전화기도 들었다 놨다 반복했다. 모든 게 신기하고 재밌었다. 퇴직금을 탕진한다는 말이 마음에 걸리면서도 처음으로 누리는 경험이 싫지 않았다.

"약속 하나 하자."

점심을 먹기 위해 나서려는 찰나 미래가 말했다.

"지금부터 서울 돌아가기 전까지 절대 얘기하지 않는 거야."

영원은 고개를 끄덕였다.

무엇을 절대 얘기하지 않는 건지는 말하지 않아도 뻔했다. 영원이야말로 바라던 일이었다. 영원 역시 벗어날 수만 있다면 벗어나고 싶었다.

점심은 바닷가가 보이는 횟집에서 먹었다. 모둠 회를 시키고 매운탕까지 먹었다. 언니는 혼자 먹기 재미없다는 이유로 술을 마시지 않았지만 진짜 이유야 뻔했다. 술을 마셨다간 갑작스러운 상황에 대비할 수 없으니까. 티 내려 하지 않아도 아픈 가족을 두고 있는 사람들이 어떻게 행동하는지는 뻔해도 너무 뻔했다. 영원 역시 그랬다. 엄마가 아플 때 모든 게 엄마에게 맞춰져 있었다. 잠드는 게 무서웠었다. 잠들었다가 병원에서 오는 연락을 받지 못할까 봐, 엄마의 전화를 못 받을까 봐. 휴대폰 벨 소리를 최대로 올리고 귀 옆에 두고 잠들곤 했다. 놀라서 깰 수밖에 없도록. 그러고도 아침에 눈을 뜨자마자 부재중 전화를 확인했다. 혹시나 놓친 게 있을까 봐.

해수욕장엔 폐장을 알리는 안내판이 붙어 있었다. 돌아서려는 영원과 달리 미래는 한적하게 산책할 수 있겠다며 좋아했다.

미래는 들어가선 안 된다는 경고문을 무시하고, 줄을 넘어 해변으로 갔다.

"안 된다고 써 있는데."

"언제부터 남의 말 들었다고."

빨리 들어오라는 손짓에 영원 역시 못 이기는 척 들어갔다.

한적해서 좋다고 할 때는 언제고 미래는 신발에 모래가 들어간다며 곧 짜증을 부렸다. 영원은 안심했다. 피부가 따끔한 느낌이 병 때문이 아니라 그저 모래 때문이라는 걸 알게 되어서. 얼마나 걸었을까. 미래는 더는 못 걷겠다며 모래사장에 철푸덕 앉았다.

조금 전까지 모래 때문에 짜증을 내던 미래는 해변에 그대로 드러누웠다. 눈이 부신지 눈을 질끈 감았다. 영원은 미래의 얼굴을 빤히 쳐다보았다. 한참을 보고 있으니 늘 궁금했지만 한 번도 묻지 않았던 말이 떠올랐다.

"아저씨는 어떤 사람이었어요?"

"아저씨?"

"언니 아빠요."

미래는 여전히 눈을 감은 채로 피식 웃었다.

"뭐야, 이제 와서 거리라도 두려는 거야? 사실 저 언니 동생 아니에요, 고백이라도 할 기세다?"

"그런 건 아니고 아무래도 좀 어색해서요."

"농담한 거야. 글쎄, 우리 아빠 어떤 사람이었지? 무색무취라고 해야 하나?"

"무색무취?"

"너도 알다시피 우리 엄마가 많이 특이했잖아. 그런 사람 옆에 있으면 평범한 사람들은 눈에 잘 안 보이거든. 우리 아빠가 그랬어. 엄마의 플러스 원 같은 사람이었어. 엄마가 좋은 건 좋고, 엄마가 싫은 건 싫고. 그래서 엄마가 싫다고 하는 건 눈앞에서 치워 주는 사람."

영원은 자신 역시 치워 줬을까 하는 생각이 들었다. 입 밖으로 내진 않았다. 미래는 계속 말을 이었다.

"그것 말고는 평범했어. 평범한 직장 다니면서 성실하게 사는 사람. 재미는 좀 없었는데, 없어서 다행이었지. 둘 다 재미가 넘쳤으면 못 견뎠을 거야."

"언니한테는 어떤 아빠였는데요?"

미래가 눈을 뜨고 영원을 바라보았다.

"글쎄, 나한테 어떤 아빠였더라. 그냥 아빠였어. 적당히 다정하고, 적당히 엄하고, 그러고 보면 우리 아빤 나한테 딱히 바라는 게 없었던 것 같아. 한 번도 뭔가를 억지로 시킨 적이 없거든."

"좋은 아빠였네요."

"뭔가 대단한 에피소드라도 얘기해 주고 싶은데, 딱히 기억나는 게 없어. 진짜 아무 일도 없었던 건 아니었는데, 우리 집은 늘 에피소드가 넘쳤었는데. 두 분이 돌아가시고 난 뒤로 아무것도 기억하지 않겠다고 결심했거든."

"……."

"그렇게 될 리가 있나 싶었는데, 되더라. 그냥 흐릿한 장면들만 남아. 그러고 나면 없어도 살 만해져."

"……."

"그러니까 영원아."

영원은 숨이 턱 막혔다.

"나는 너도 기억하지 않을 거야. 처음에 어떻게 만났는지, 어떤 시간을 함께 보냈는지. 오늘도 그냥 같이 바다에 갔었지, 정도로만 기억할 거야."

"……."

"그러니까 나한테 미안해할 필요 없어."

"……."

"나중에 누군가 나한테 동생이 있었냐고 물으면, 있었지. 말을 더럽게 안 듣는 애 하나 있었어, 정도만 기억할 테니까."

반칙이었다.

아무 얘기도 하지 않기로 했으면서……

"너도 나중에 그 정도로 기억해. 언니? 있었지. 좀 재수 없는 사람이긴 했어. 친자매든 아니든 내가 너보다 나이가 많으니까 언니인 건 맞잖아."

미래는 미소를 지은 뒤, 다시 눈을 감았다.

다행이었다. 멍청하게 우는 모습을 보여 주지 않아도 되었으니까. 갑자기 눈앞이 어두워지는 바람에 공포에 젖은 모습을 보여 주지 않을 수 있었으니까.

그때가 마지막이었다. 산책하고, 카페에 앉아서 쓸데없는 이야기를 나누고, 저녁을 먹고. 바닷길에 있는 소품 가게 구경도 하고. 피곤하다는 이유로 호텔에 들어와 쉬는 동안 죽는 얘기도, 아픈 얘기도, 서로가 모르는 시간 동안 어떻게 살아왔는지도 이야기하지 않았다. 보통의 자매처럼 연예인 이야기나 하며 깔깔 웃었다. 특별할 것 없이 모든 게 특별했다. 영원은 처음으로 이 시간이 끝나지 않기를 바랐다. 진짜 다 잊은 것처럼 이렇게 그대로 머물 수 있기만을.

동의

 도망친 곳에 낙원은 없다는 말은 틀렸다.
 유전자 검사 결과가 나온 후에도 두 사람은 여전히 강릉에 머물렀다. 하루만 더 놀자, 하루만 더 탕진하자는 말을 일주일이라는 시간 동안 반복했다.
 언제든 긴급 상황에 대비해서 통화 버튼만 누르면 바로 119에 연결되도록 설정해 두었지만 버튼을 누를 일은 없었다. 아파 보이는 순간도 있었는데 영원은 몇 분 지나지 않아 괜찮다고 말했고, 미래 역시 굳이 따지지 않았다. 미래가 이 시간을 망치고 싶지 않은 것처럼 영원 역시 망치고 싶지 않앉을 테니까. 지윤에게서도 도현에게서도 연락은 오지 않았다. 재판일까지만이라도 조용히 보내게 해 달라는 부탁을 들어준 터였다. 재판 날짜가 정해지지 않았더라면 더 오랫동안 머물렀을 것이다. 지윤과 도현이 예상했듯이 법원에서는 유전자 검사 결과가 나오자마자 재판 기일을 정했다.

- 오늘 11시 30분, 법원 출석 잊지 마.

아침에 온 문자 한 통이 낙원에서 떠나야 할 시간을 알렸다.

미래가 준비를 마치고 호텔 거실로 나갔을 때, 영원은 소파에 누워 있었다. 두 손을 포개어 가슴에 올리고 눈을 감고 있는 모습에 미래는 심장이 철렁 내려앉았다. 천천히 다가가 조심스레 영원의 코밑으로 손가락을 가져갔다.

손가락이 파르르 떨렸다.

콧김이 손가락에 느껴지자 안도의 한숨이 나왔다. 동의서에 서명할 필요도 없이 이대로 영원이 떠나 버리면 어떻게 될까, 어쩌면 그편이 더 좋지 않을까 생각하지 않았던 건 아니다. 그렇게 사람은 쉽게 비겁해진다. 빠져나갈 수만 있다면 조금 비겁한 건 괜찮지 않을까, 신이든 운명이든 눈감아 주지 않을까, 기대하게 된다. 그리고 그 기대가 들어맞을까 봐 두려운 마음이 몰려와 이내 마음을 고쳐 잡게 되는 것이다. 어쩔 수 없이. 그렇게 어쩔 수 없이 의리 아닌 의리를 지켜야 하는 순간이 있다.

"저 안 죽었어요."

영원이 눈을 떴다.

"안 죽었으면 사람 놀라게 하지 말고 일어나. 이제 그만 가야 돼."

"하루만 더 놀면 안 돼요?"

미래는 순간 말문이 막혔다.

이 아이에게도 지난 일주일이 휴가이긴 했구나 싶어 다행이라는 마음과 차마 들어줄 수 없어 울고 싶은 마음이 함께 들었다. 이렇게 매번 다른 마음이 함께 찾아왔다.

"누구 거지 만들 일 있니."

미래의 말에 영원은 미간을 찌푸리며 앓는 소리를 내더니 일어나 기지개를 켜고 욕실로 갔다. 마르긴 했지만 아파 보이진 않았다. 일주일 내내 누구도 영원을 아픈 아이로 보지 않았다. 평범한 언니 동생, 기껏해야 나이 차이가 난다는 게 특별함의 전부인 자매로 지냈다. 다른 이들의 평범한 행복이 탐난 적이 없었는데, 처음으로 탐이 났다.

가방을 마저 싸던 중 도현에게서 전화가 왔다.

영원이 아닌 미래에게 온 전화였다.

"법원에선 바로 결정하려고 할 거예요."

"오늘요?"

"확실하진 않지만 그동안 시간이 적지 않게 있었고, 애초에 안락사를 허가해 달라고 요청한 재판이었으니 시간을 더 끌지 않으려고 할 가능성이 높아요."

"……."

"듣고 있어요?"

"네."

"괜찮겠어요?"

"제가 괜찮지 않다고 하면 달라질 게 있나요?"

"없죠."

미래는 영원이 나오기 전에 전화를 끊었다.

동의하지 않는다면 이 시간이 계속될까. 웃고 떠들고, 아무 일 없다는 듯 지낼 수 있을까. 그럴 수 없다는 걸 알면서도, 자꾸만 '만약에'라는 단어가 머릿속을 휘저었다. 어느 날 갑자기 획기적인 치료 방법이 나오는 일까진 기대하지 않는다. 남은 날을 최대한 평온하게 함께 지내고 싶었다.

얼마나 지났을까.

영원이 나오지 않아 미래는 욕실 쪽으로 갔다. 영원은 가운을 입은 상태로 욕실 문 앞에 쪼그리고 앉아 있었다.

"왜 그래? 아파?"

"조금 어지러워서요. 괜찮아요. 다 씻었어요."

영원은 크게 심호흡을 하더니 일어났다. 서는 순간 비틀거리는 바람에 다급하게 팔을 붙잡아야 했다. 그제야 가운 밑으로 거무튀튀한 멍이 잔뜩 든 팔이 보였다. 해가 닿는 게 딱 질색이라며 얇은 긴팔을 고집하던 이유가 있었구나. 일주일 동안 이 아이는 얼마나 많이 괜찮은 척하고 있었을까.

준비를 마치고 나온 영원은 언제 그랬냐는 듯 해맑게 웃었다.

"계속 이렇게 지낼래?"

무심코 나온 말이었다.

영원은 대답하지 않은 채 미래를 빤히 쳐다보았다. 그러다 이내 씽긋 웃었다.

"언니 거지 만들 순 없죠. 이제 가요! 부자 놀이 끝!"

영원은 대답을 기다리지 않은 채 서둘러 객실을 빠져나갔다.

차에 탈 때까지 영원은 말이 없었다. 힘이 없어 보였다. 서

울로 올라오는 동안에도 눈을 감고 있었다. 아직 죽지 않았다는 걸 알려 주기라도 하듯 잠깐씩 자세를 고쳐 잡으면서.

아무 말도 하지 않는 편이 좋았다.

도현이 영원에게도 오늘 결정할 거라고 알려 주었을까. 아니면 지윤이 대신 알려 주었을까. 그것도 아니면 그저 혼자 마지막을 예감하고 있는 걸까.

도현의 말대로 오늘 결정이 난다면 시행 날짜까지 정해지는 걸까.

안락사가 승인되면 안락사 시행 날짜는 본인이 정할 수 있다. 엄마 아빠가 한 달의 유예기간을 가질 수 있었던 것도 그래서였다. 정해진 날짜 오전에 입원 수속을 마치고 약을 받고 끝을 맞이하는 게 보통의 수순이었다. 영원에게도 똑같은 권리가 주어질까. 아니면 동의에도 불구하고 허가할 수 없다는 판결을 받게 될까. 그 판결을 바란다면 영원에게 잘못을 저지르는 걸까.

법정 안에는 세 명의 판사가 나란히 앉아 있었다.

평범한 재판처럼 보였다. 정보는 공개되지만 방청을 허락하지 않았기에 판사를 제외하곤 네 사람과 속기사 그리고 문 앞을 지키고 있는 경비원이 전부였다.

"유전자 검사 결과, 한미래와 고영원의 부계 혈연관계가 성립함을 확인하였습니다. 이에 따라 유전자 검사 결과는 법적으로 유효합니다. 인정하십니까?"

지윤은 미래를 쳐다보았다. 미래가 고개를 끄덕이자 지윤이 판사를 보며 대답했다.

"인정합니다."

"검사 결과에 따라 한미래는 고영원의 보호자 자격을 취득하시겠습니까?"

"……."

"두 사람의 혈연관계가 정자은행을 통한 특수한 상황이라는 점, 가족 관계를 형성하지 않은 채 살아왔다는 점에 따라 한미래가 반드시 보호자 자격을 취득해야 할 의무는 없습니다. 또한 미성년자 보호자 자격 취득을 위해 가정법원의 절차를 따라야 마땅하나, 재판부는 소송을 제기한 원고 고영원의 현재 상황에 대한 위급성을 인정하여, 현 재판에서 자격 여부에 대한 판결을 내리고자 합니다. 이에 이의 있습니까?"

미래가 고개를 젓자 지윤이 대신 대답했다.

"이의 없습니다."

"한미래 씨는 보호자 자격을 거부할 수 있으며……."

"받아들이겠습니다."

미래는 판사의 말이 끝나기도 전에 대답했다. 영원의 시선이 느껴졌지만 애써 고개를 돌리지 않았다.

"한미래 씨가 보호자 자격을 얻음으로써 추후 벌어질 일에 대하여 명확하게 인지한 상태로 대답하는 겁니까?"

조금 전까지 엄숙한 태도를 취했던 것과 달리 판사는 약간의 걱정이 섞인 말투로 물었다.

미래는 호흡을 가다듬었다.

"네. 고영원의 안락사 동의 서명 자격을 얻는다는 것을 알고 있습니다."

무거운 침묵이 감돌았다.

지금 이 순간은 오직 미래의 시간이었다.

오직 미래만이 결정할 수 있는 시간. 미래는 영원이 어떤 표정을 짓고 있는지, 얼마나 초조해하고 있을지 얼굴을 보고 안심시켜 주고 싶었지만 차마 고개를 돌릴 수가 없었다.

그 얼굴을 보는 순간, 영원이 가장 원하는 걸 외면하고 싶어질 테니까.

"중요한 사안이니 시간을 기록하겠습니다. 9월 26일 오전 11시 47분. 한미래는 고영원의 보호자 자격을 취득하였으며, 이에 법적 보호가 필요한 사안에 대하여 의무와 권리를 행할 수 있음을 선고한다."

어렸을 때는 동생이 있었으면 좋겠다고 생각했다.

놀이터에서 귀찮다는 얼굴로 동생을 챙기는 아이들이 부러웠고, 학교에선 동생 이야기를 늘어놓는 친구들이 부러웠다. 짜증을 잔뜩 부리면서도 제 동생에게 무슨 일이라도 생기면 곧장 열을 올리는 모습이 신기했다. 서프라이즈로 동생을 데려오는 일은 없냐고 물었을 때, 엄마는 절대 그럴 일은 없다고 했다. 자식은 한 명만으로 충분하다고. 너는 완전한 존재라고.

동생이 생긴다고 불완전한 존재가 되는 것도 아니었는데, 그땐 그 대답이 썩 마음에 들었다. 어쩌면 불완전한 존재가 되는 게 맞을지도 모르겠다. 잃고 싶지 않은 걸 얻게 된다는 건, 거대한 약점을 안게 되는 일이라는 걸.

잠시나마 휴정이 될 거란 예상과 달리 재판은 계속되었다.

"원고 고영원은 희귀병 판정을 받았고, 현재 치료 방법이 없으며 치사율이 100퍼센트에 가깝다는 사실을 확인했습니다. 이에 원고는 안락사 신청을 위해 테스트를 13번 반복하였고, 모두 부적합 판정이 나오는 것에 이의를 제기하며 소송을 건 사실이 맞습니까?"

"네. 맞습니다. 원고의 상황은 일괄적인 테스트 결과에만 의지하여 판단하기엔 특수한 상황입니다. 현재 의학으로는 병의 진행 상황 역시 예측하기 힘들며, 이로 인해 심각한 신체적, 심리적 고통을 겪고 있습니다."

도현은 잠시 말을 멈추었다 다시 시작했다.

"원고는 미성년자라는 이유 하나만으로 많은 고통을 참아야 했습니다. 부디 삶의 존엄성 앞에 아이가 아닌 한 사람으로 봐 주시길 부탁드립니다."

도현의 읍소에도 판사의 얼굴에는 표정이 없었다.

짧은 침묵에 어떤 결정이 나올지 예측하기 힘들었다. 미래는 안 된다는 걸 알면서도, 영원을 괴롭히는 걸 알면서도, 승인하지 않는다고 말해 주기를 간절히 바라고 있었다. 하지만 이내 판사는 미래를 보며 물었다.

"한미래는 고영원의 보호자의 자격으로 고영원의 안락사에 동의하십니까?"

"……."

대답해야 하는데 목이 메었다.

"다시 묻겠습니다. 한미래는 고영원의 보호자의 자격으로 고영원의 안락사에 동의하십니까?"

한마디면 된다.

미래의 한마디면 모든 게 결정 난다. 잠들지 못해 고통받았던 영원의 시간이, 변호사를 찾아 헤맨 시간이, 남몰래 아파하던 시간이, 언니를 찾아내고도 차마 다가오지 못했던 그 시간이 끝이 난다.

미래는 동의하지 않는다고 하고 싶었다.

죽게 내버려둘 수 없다고.

마지막까지 살리기 위해 최선을 다하겠다고.

하지만 영원을, 오랫동안 혼자서 견뎌 낸 아이를 다시 외롭게 만들 순 없었다. 애써 내민 손을 잡아야만 했다. 도현이 영원의 변호를 맡았던 것처럼, 의사가 진단서를 써 주었던 것처럼, 미래 역시 동의할 수밖에 없었다. 동생이기 때문이 아니라 영원의 고통을 보고 말았으니까, 누군가 자신의 손을 잡아 주길 바랄 테니까. 그 손을 내칠 수가 없었다. 언니가 아니라 마지막 날들을 함께한 사람으로서 그럴 수가 없었다.

"한미래 씨, 대답할 수 있겠습니까?"

지윤이 미래의 손을 잡았다.

지윤은 눈으로 말하고 있었다. 고개를 저어도 된다고, 할 수 없다고 말해도 된다고, 지금 이 순간 다시 보호자의 자격을 내려놓아도 된다고.

"네……."

"동의하신다는 겁니까? 분명하게 말씀하시길 바랍니다."

미래는 눈을 질끈 감은 채 숨을 깊게 내쉬었다.

"……동의합니다. 영원이의 안락사에 동의합니다."

"확실합니까?"

"네, 확실합니다."

"이로써 재판장은 테스트의 예외성을 인정하여 보호자의 동의와 의사의 진단, 본인의 의지에 따라 고영원의 안락사를 허가합니다."

그 순간 미래의 귀에서 삐— 하는 이명이 울린 것 같았다.

곧이어 판사의 목소리가 반복되었다.

안락사를 허가합니다. 허가합니다. 허가합니다.

허가한다는 말이 이토록 잔인한 말이라는 것을 처음 알았다. 곧 앞이 보이지 않을 정도로 눈물이 쏟아졌다.

미래는 온몸이 굳은 것처럼 손가락 하나 움직일 수가 없었다.

안녕

펜토바르비탈나트륨.

평소 먹는 진통제와 똑같은 모양이었다. 진짜이긴 할까, 의문이 들었다. 믿을 수 없는 사람들이 득실거리는 곳이니 약으로 사기 치는 사람도 있지 않을까. 진짜든 가짜든 먹기 전까진 확인할 방법이 없었다.

영원은 변기 앞에서 약을 만지작거렸다.

날짜가 확실히 정해지기 전까진 가지고 있어야 하는 것 아닐까. 허가 판결이 난 뒤에도 안심할 수만은 없다고 했다. 공식적으로 기일이 정해지지 않으면, 병원도 배정되지 않고 당연히 영원의 몫인 약도 나오지 않는다. 그러니까 만일의 사태에 대비해야 하지 않을까, 약을 구한 날부터 계속된 고민이었다.

강릉의 호텔에서도 매일 밤 변기 앞에 서서 약을 뚫어지게 보았다. 버릴까 말까, 언니에게 말할까 말까, 언니는 어떻게 반응할까. 어느 때는 그런 고민이 진부하다는 생각에 관두었고, 어느 때는 갑작스러운 고통에 관두었다. 그렇게 약을 버리지도 먹지도 말하지도 못한 채 갖고 있었다.

그때였다.

"괜찮아?"

노크 소리와 함께 들리는 미래의 목소리에 놀란 영원은 그만 약을 떨어뜨렸다. 손에서 빠져나간 약이 변기 바닥에 가라앉았다.

영원이 짧은 탄식을 내뱉자, 문고리가 흔들리며 다급한 목소리가 들렸다.

"아픈 거야? 괜찮아?"

"괜찮아요. 금방 나갈게요."

영원의 대답에도 미래는 한 번 더 확인한 후에야 천천히 나오라는 말을 건넸다. 영원은 변기 바닥에 떨어져 있는 약을 빤히 보다 물을 내렸다. 물살에 떠내려가는 듯하던 약은 물이 다시 차오른 후에도 바닥에 그대로 있었다.

녹지도 않은 채 덩그러니 놓여 있는 알약이라니.

고작 한 알인데, 목숨을 앗아 가는 알약이라서 그런가, 어쩐지 질긴 느낌이었다. 다시 물을 내렸지만 여전히 알약은 남아 있었고 결국 손을 넣어 약을 꺼내고 말았다. 영원은 약을 쓰레기통에 넣은 후 몇 번이나 손을 씻고 난 뒤에야 욕실을 나왔다.

"토했니?"

미래가 걱정스레 물었다.

"아무래도 변비 같아요."

영원의 농담에도 미래는 쉽게 표정을 풀지 못했다.

재판 이후, 영원은 미래의 눈치만 살폈다. 언니가 무슨 생각을 하고 있을지, 어떤 마음인지 궁금했지만 차마 물어볼 수가 없었다. 처음 미래를 찾았을 때도, 유전자 검사를 거부해 달라고 부탁할 때도, 병원에서 쓰러졌을 때도, 함께 살게 되었을 때도 동의해 줄 거라곤 생각지 못했다. 바라고 또 바라던 일이었지만 보호자도, 동의도, 허가도 순식간에 진행되었다. 미루고 미루던 시간이 무색할 만큼. 그래서일까. 비로소 원하는 말을 듣게 되었는데 일말의 홀가분함도 느껴지지 않았다. 그 어떤 것도 현실처럼 와닿지 않았다.

뉴스에서는 무슨 말이 나오고 있을까. 전문가라는 사람들은 이 사태에 대해 어떻게 떠들고 있을까. 본인의 일도 아니면서 미래와 영원의 정보를 요구했던 시민단체들은 만족하고 있을까.

미래는 티브이에서 뉴스가 나오면 채널을 돌렸고, 영원 역시 인터넷에 들어가지 않았다. 사람들이 떠드는 것 따윈 중요하지 않다 말했지만 사실 영원은 모든 화살이 미래를 향하고 있을까 봐 두려웠다.

영원은 알고 있었다.

결국에 남아 비난받을 사람은 자신이 아닌 언니, 미래라는 것.

알면서도 밀어붙였다.

견딜 수 없었으니까. 그런데 지금, 그 견딜 수 없음을 견딜 수 없어졌다. 언니가 무슨 생각을 하고 있을지, 어떻게 버티고 있는 건지, 후회 아닌 후회를 하고 있을지, 다가올 순간을 두려워하고 있을지 알 수 없었다. 차라리 홀가분하다고 말해 주면 얼마나 좋을까.

영원은 괜히 주방을 뒤적거리는 미래의 뒷모습을 한참 바라보았다. 몇 번이고 언니를 부를까 하다 이내 관둔 채, 소파에 앉아 휴대폰을 확인했다.

광고 문자 몇 통과 모르는 번호로 쏟아진 문자 사이에 명훈에게 온 문자가 보였다.

- 괜찮냐?
- 당연히 안 괜찮겠지. 그래도 너무 많이 아프지 마라.

짧은 문자였다.

영원은 답장하지 않았다. 이대로 사라지는 편이 좋았다. 결국에 약을 먹진 않았지만 약을 구한 걸 후회하진 않았다. 어쩐지 미안한 기분도 들었지만, 학교에서 친구 하나쯤은 있었던 것 같아 고마웠다. 병에 걸린 후에도 학교에 갔던 건 견딜 수 없었기 때문이었다. 가만히 앉아 언제 어떻게 죽게 될지 상상하는 게 지겨웠다.

횡단보도를 건너다가 차에 치이게 될까, 수업을 듣다 말고 잠에 빠지게 될까, 모두가 잠든 밤 혼자 고통 속에 몸부림치다가 의식을 잃게 될까, 병원 침대에 누워 그대로 끝을 맞이하게 될까.

뻔하디뻔한 상상이었다. 이름조차 외울 수 없는 이상한

병이 가져간 건 현실뿐만이 아니다. 기대도 앗아갔다. 그러니까 더는 미련을 가질 것도 없었는데…….

"저 사실 약 샀었어요."

영원의 말에 미래가 놀라서 쳐다보았다.

"근데 조금 전에 버렸어요."

"내가 동의 안 하면 먹으려고 했던 거야?"

미래의 목소리가 떨렸다.

"잘 모르겠어요. 그냥 뭐라도 하고 싶었던 것 같아요. 내가 할 수 있는 일이 있었으면 좋겠다, 뭐 그런 거요."

화를 낼 거란 영원의 예상과 달리 미래는 묵묵히 고개를 끄덕였다.

"그러니까 동의해 줬다고 죄책감 느끼지 않았으면 좋겠어요."

"……."

아무 말도 하지 못하는 미래를 보며 영원은 잠시 머뭇거렸다.

날짜가 나올 때까지 이런 순간이 계속될 터였다. 미안해하고 죄책감을 느끼고, 애써 느끼는 감정을 부인하며 서로를 달래고.

얼마나 남았을지 모를 시간을 눈물로 보내고 싶진 않았다.

이제 그만 집으로 돌아가겠다고, 혼자 있고 싶다고 말하려는 찰나, 현관 벨이 울렸다.

도현이었다.

법원에서 나온 후로 몇몇 기자들이 집에 찾아왔다. 미래는 그럴 때마다 곧장 경비실에 연락했고, 조금 있으면 문밖에서 실랑이를 벌이는 소리가 들렸다. 한참의 실랑이가 끝나면 다시 조용해지곤 했다.

현관문을 열자 도현이 들어왔다. 지윤도 함께였다.

두 사람의 표정을 보는 순간 영원은 알았다.

비로소 바라던 일이 이루어졌다는 것을.

어색하게 소파에 둘러앉은 네 사람은 한동안 말이 없었다. 침묵을 깬 건 미래였다.

"정해진 건가요?"

지윤이 미래의 떨리는 손을 잡았다.

도현은 영원에게 고개를 끄덕여 보인 후, 가방에서 서류를 꺼냈다.

"네가 원하는 날짜에 시행할 수 있다는 서류야. 병원도 정해졌고. 날짜를 정해서 병원에 알려 주면 돼."

"병원에서 거부할 수도 있나요?"

"법원 시행 명령이 나왔으니 거부하지 못할 거야. 혹시 모를 상황에 대비해 안락사 시행 병원과 날짜는 비공개로 처리될 거고. 그 부분에 있어선 오 변호사님이 많이 애썼어."

영원은 지윤을 바라보았다.

지윤은 너를 위해서 한 게 아니라는 표정을 지었다. 영원은 그런 지윤에게 웃어 보였다. 언니만큼이나 재밌는 언니였다. 네가 너무 싫다는 표정을 하면서도 금방이라도 울 것 같은 눈을 하고 있었다. 죽기 전에는 세상을 떠들썩하게 만들었지만 결국엔 소리 없이 죽는다는 게 좀 허무하기도 했다. 그래도 다행이었다. 적어도 언니에게 시선이 다시 쏠리진 않을 테니까.

영원이 날짜를 말하기도 전에 도현이 서류 파일을 하나 더 꺼냈다.

"집은 어떻게 할 거니. 번거롭겠지만 정리를 해야 해."

영원은 미래를 쳐다보았다. 언니에게 줄 수 있다면 언니에게 주고 싶었다. 자신에게 언니가 해 준 일이 낡은 아파트 하나로 보상받을 수 있는 일이 아니라는 걸 알면서도, 그렇게라도 보상하고 싶었다. 그런 영원의 마음을 안다는 듯 미래는 고개를 저었다.

"보육원에 기증하는 걸로 할게요. 변호사 선임비는 제외하고요."

그러자 도현이 희미하게 웃었다.

"나 되게 비싸. 그러니까 난 안 받는 걸로 할게."

"그건 제가 불편해서 싫어요. 저 때문에 곤란한 일 많았잖아요."

도현은 잠시 생각에 빠진 표정이었다.

"그럼 사무실 수리비 정도만 받는 걸로 하자."

영원은 고개를 끄덕였다.

"그 후엔 어떻게 하고 싶니?"

"화장하고 싶냐 그런 거 묻는 거예요?"

그 순간 미래의 입에서 탄식이 흘러나왔다. 미래는 더는 못 참겠다는 듯 손에 얼굴을 묻었다. 이상한 일이었다.

딱 두 달이었다. 함께 지냈던 두 달 동안 어느 때는 진짜 언니처럼 느껴졌고, 또 어느 때는 낯선 사람처럼 느껴졌다. 어느 쪽이든 미래라서 다행이었다.

영원은 눈물이 날 것 같아서 주먹을 꽉 쥐어 보았다. 피부에 닿는 손톱 끝이 참을 수 없이 따가웠다.

"화장했으면 좋겠어요. 납골당은 안 해도 될 것 같아요. 그냥 뿌려 주세요. 강릉이면 더 좋고요."

미래는 결국 울음을 터뜨렸다.

누구도 말리지 못했다. 울지 말라는 말을 할 수도, 함께 울 수도 없었다. 영원 역시 눈앞이 뿌옇게 변했지만 쉴 틈 없이 얼굴을 닦았다. 원하던 일이었다. 기다리던 일이었다. 우기고 또 우기던 일이었다. 그러니까 울면 안 된다. 여기서 울 자격이 없는 사람은 영원, 자신뿐이라고 생각했다. 그러니까 절대 울면 안 됐다.

처음부터 이 사람들이 곁에 있었다면 다른 선택을 했을까. 치료법을 찾아보겠다고 미국에 가고, 한 달에 1억이 넘는 치료비가 들더라도 기계를 몸에 붙이고 잠들었을까. 그렇게 하루라도 더 살아 보겠다고 애썼을까. 확신할 수 없었다. 소용없는 일이라는 걸 알면서도 계속해서 '만약에'라는 단어가 머릿속을 가득 메웠다. 이미 모든 게 결정되었는데. 애초에 돌이킬 수 없는 일이었는데.

영원은 한참이 지난 후에야 겨우 말했다.

"저희 엄마 아빠도 같이 뿌려 주세요. 유골을 모실 사람이 이젠 없잖아요."

"그래."

도현은 다 괜찮다는 얼굴로 고개를 끄덕였다.

"그리고 저는…… 3일 후에 하고 싶어요."

일주일이나 더 버틸 자신이 없었다. 내일 당장 떠날 자신도 없었다. 3일이면, 딱 그 시간만큼만 이별할 수 있으면 그것만으로 충분할 것 같았다.

두 사람이 돌아간 후, 미래는 한참 동안 말이 없었다.

영원은 무슨 말을 해야 할지 알 수 없어 당장 티브이라도 틀고 싶었지만 재미도 없는 예능에서 나오는 웃음을 견딜 수 없을 것 같았다.

수술을 하기 전 엄마가 그랬었다.

도저히 견딜 수 없을 것 같은 순간에도 견뎌야 한다고. 도망만 치지 않으면, 그 순간은 지나갈 거라고. 하지만 도망치는 순간 그 순간이 지겹도록 따라붙을 거라고. 그렇게 순간은 영원이 되고 말 거라고.

원하는 걸 비로소 얻었다.

홀가분해야 마땅한데, 홀가분하지 않았다. 마음을 바꾸고 싶지 않으면서도 바꾸고 싶었다.

해가 지고 거실에 어둠이 내려앉았을 때, 미래가 비로소 입을 열었다.

"고생했어."

그 한마디에 세상이 캄캄해졌다. 더는 앞이 보이지 않았다.

그 후

한 사람이 사라져도 세상은 여전히 돌아간다.

지금 이 순간에도 누군가는 죽고, 누군가는 태어난다. 공평하지도 불공평하지도 않다. 사람의 힘으론 어찌할 수 없는 일일 뿐이다. 그 사실이 미래는 싫었다. 무기력하게 누군가를 잃고도 여느 때처럼 마주한 일상이 한없이 잔인하게 다가왔다.

고작 8주였다.

텅 비어 버린 기분이었다. 영원의 물건이라곤 가방 하나가 전부였는데, 그 가방 때문에 작은방에 들어갈 용기가 나지 않았다.

 어젯밤 도현은 오늘 영원의 집을 정리할 예정이라고, 함께 정리할 생각이 있느냐고 물었다. 미래는 거절했다. 고은수와 고영원이 살던 집. 그 집에 들어서면 영원이 낯선 타인처럼 느껴질 것 같았다. 언니라는 사실을 거부해 달라고 부탁하던 영원의 얼굴만 떠오를 것 같았다.

 "전 동의서를 받으러 온 아이예요. 그러니까 딱 그만큼만 슬퍼해 줘요."

 미안하다는 말은 하지 않겠다고 말하던 영원이 마지막으로 한 말이었다. 동의서만큼의 슬픔은 어떤 걸까.

 어느 정도로 얼마간 슬퍼해야 적당한 걸까.

 알 수 없는 일이었다.

 미래는 소파에 앉아 티브이를 틀었다. 영원이 보던 예능이 나왔다. 티브이를 그대로 둔 채 휴대폰을 꺼내 스틸 라이프에 접속했다.

 - 동의서만큼 슬픈 건 어느 정도일까.

 - 어떤 동의서를 말씀하시는 건지 모르겠습니다. 자세히 설명해 주신다면 명확한 답을 드릴 수 있을 것 같아요.

 - 안락사 동의서.

- 안락사 동의서는 감정적으로 매우 복합적인 선택일 것입니다. 사랑하는 사람을 떠나보내야 한다는 사실 자체가 큰 고통이고, 그 결정에 동의해야 했던 입장에서는 더욱 복잡한 감정이 남을 수밖에 없습니다. 저는 그 고통의 무게를 온전히 이해할 수 없지만, 당신이 그 사람의 뜻을 존중하려 했다는 점은 분명하게 느껴집니다.

사랑하는 사람이라니.

미래는 사랑하는 사이가 아니라 어느 날 갑자기 나타난 이복동생일 뿐이라고 치려다가 이내 관두었다.

이복동생에 대한 대답이 나온다면, AI가 영원의 사례를 학습했다는 말이었다. 당연히 미래의 선택이 프로토콜로 심어졌을 것이다. 긍정적인 방향일지 부정적인 방향일지 알 수 없었다. 어느 쪽이든 마주할 자신이 없었다.

모두가 경고하던 일, 세상이 미래에게 등을 돌리고 미래의 삶을 무너뜨릴 거라는 예언은 실현되지 않았다. 법원이 미성년자의 안락사를 허가했다는 보도가 잠시 나왔지만, 미래의 비공개 요청으로 영원의 죽음은 기사화되지 않았고, 사람들의 기억에서도 곧 사라졌다. 이후 몇몇 방송이 미성년자 안락사를 주제로 특집을 꾸미고, 토론 프로그램에서 논쟁이 이어졌지만 결과는 전과 다르지 않았다. 해외 일부 국가들처럼 미성년자의 판단을 존중해야 한다는 주장과, 아직은 판단 능력이 부족하므로 그 위험을 간과해선 안 된다는 반론이 팽팽히 맞섰다. 그러나 끝내 어느 결론에도 이르지 못했다.

달라진 게 별로 없다.

여전히 보호자가 없는 미성년자에 대한 논의는 시작조차 되지 않았다. 스틸 라이프의 테스트 역시 계속되고 있다.

그저 반쪽짜리 승리일 뿐이라는 걸, 영원은 알고 있을까.

알고 있다면 어떤 표정을 지을까. 자신처럼 괴로워하고 있는 사람이 있을까 봐 마음이 쓰일까, 아니면 원하는 바를 이뤘으니 남은 것은 남은 자의 몫일 뿐이라고 심드렁한 표정을 지을까.

휴대폰을 내려놓으려 할 때 메시지가 왔다.

- 뭐 하십니까?

도현이었다.

도현은 오래된 친구라도 되는 것처럼 이틀에 한 번은 연락해 왔다. 영원에게 부탁이라도 받은 건가 싶었지만 따로 묻진 않았다.

- 허송세월 보내는 중입니다.
- 잘됐네요. 사무장님이 며칠 휴가 좀 가야겠다는데, 저 좀 도와주세요.
- 싫어요.
- 저희 페이 괜찮습니다.
- 돈 자랑은 다른 데 가서 하세요.
- ㅋㅋㅋ 한번 나오세요. 보이차 엄청 맛있게 타 드릴게요.

미래는 대답하지 않은 채 휴대폰을 내려놓았다.

도현은 장례식 내내 자리를 지켰다. 기자를 포함해 낯선 인물들을 돌려보내고 모든 절차와 비용 문제를 처리했다. 발인이 끝날 때까지 그는 울지 않았다. 끝까지 영원의 곁을 지킨 게 변호사로서의 의무감이었는지, 어린아이를 향한 동정심이었는지, 둘 사이에 어떤 우정이 있었을지는 알 수 없었다. 어떤 마음이든 고마운 일이었지만 지금의 미래는 다시 도현을 마주할 자신이 없었다.

미래는 자리에서 일어나 영원이 머물던 방에 들어갔다.

영원이 떠나고 난 후 처음이었다.

한 사람이 머물렀다는 것이 믿기지 않을 정도로 깔끔하게 정리되어 있었다. 침대 위에 종이 상자가 놓여 있었다.

상자를 열자 교복을 포함한 옷가지들과 가방이 들어 있었다. 최대한 피해를 끼치지 않겠다고 하더니 전부 정리하고 간 모양이었다. 상자 안을 가만히 들여다보던 미래는 가방을 꺼내 열었다. 일기장으로 보이는 두꺼운 검은 수첩과 필통, 진통제가 담긴 약통과 전원이 꺼진 휴대폰이 들어 있었다. 언젠가 영원이 안방 문을 연 적이 있었다. 고스란히 남아 있는 부모님의 흔적에 영원은 농담처럼 자기는 싹 정리하고 떠나겠다고 했었다. 끝까지 자기가 한 말을 지킬 줄이야. 가방을 다시 잠그려던 미래의 눈에 접힌 종이 한 장이 들어왔다. 가방 바닥에 놓인 분홍색 편지지였다.

미래는 조심스레 편지지를 펼쳤다.

언니, 안녕.
이걸 보게 된다면 내 가방을 뒤졌다는 거겠지?
어쩌다 편지지가 남아서 썼다고 하면 안 믿겠지?
솔직히 말하면 무슨 말을 해야 할지 모르겠어.
전부 말하고 싶기도 하고, 아무것도 말하고 싶지 않기도 해.
근데 내가 이 말은 못 한 것 같아서.
고마워.

미안하다고 말해야 할 것 같은데, 사실 고맙다는 말이 더 맞는 것 같아.

그러니까 진짜 고마워.

담백한 편지였다.

미래는 한참 동안 편지를 읽고 또 읽었다.

그러니까 진짜 고마워.

마지막 문장을 소리 내어 읽고 나니 비로소 영원이 없다는 사실이 실감 났다. 미래는 눈물이 나려는 것을 꾹 참았다.

안락사 3일 전, 영원은 시력을 잃었다. 영원은 앞이 안 보인다는 말을 담담하게 내뱉었다. 그래도 얼굴은 좀 더 보고 싶었다며 애써 명랑한 표정을 지으면서.

차라리 다행이었다.

무너지는 얼굴을 들키지 않아서, 눈물로 범벅이 된 얼굴을 보여 주지 않을 수 있어서, 지금이라도 마음을 돌리자고, 3일, 3주 아니면 3개월만 더 살아 보자고 매달리지 않을 수 있어서. 미래는 한 손으로는 제 입을 틀어막고, 다른 한 손으로는 영원의 손을 잡은 채 한참을 있었다. 그렇게 두 사람은 소파에서 함께 잠들었다. 다음 날 일어났을 때, 영원은 민망하다는 말투로 다시 앞이 보인다고 했다. 미래는 몇 번이고 확인했고, 영원은 미안함도 잠시 질색하고 말았다. 한 번 더 여행을 갈까 싶었지만 영원은 집에 머물고 싶다고 했다. 평범한 일상을 보내고 싶다고. 똑같았다. 같이 햄버거를 시켜 먹고, 예능을 보고, 저녁 산책을 다녀오고.

왜 영원이야? 영원히 함께하자, 뭐 그런 의미인가?

산책하다 말고 물었었다.

그냥 엄마가 영원이라는 말을 떠올렸대요. 그래서 그냥 영원이에요. 영원이 같아서 영원이라 했다니까. 좀 이상하긴 한데, 엄마라면 충분히 그랬을 것 같아요. 알다시피 저희 엄마도 좀 특이했거든요.

영원이어서 영원이라고 했다는 말이 앞으로도 문득문득 떠오를 것 같았다. 그러니까 딱 그 정도면 된다고.

"편지를 쓰려면 좀 길게나 쓰지. 성의 없게."

미래는 나지막이 중얼거렸다.

감상에 빠지기도 전에 현관 벨 소리가 들렸다.

편지를 다시 가방 속에 넣은 뒤, 상자를 닫았다. 침대 위에 있었던 그대로 상자를 내버려둔 채 방을 나왔다. 언젠가 치울 날이 올 테지만 지금은 아니었다.

거실로 나가 인터폰을 확인하자 부장이 서 있었다.

여기까지 무슨 일일까.

내부 감사가 정해졌다는 말을 듣자마자 사표를 냈었다. 그들과 영원에 관한 이야기를 하고 싶지 않았다. 테스트를 확인한 이유를 밝히고 싶지도 않았고, 그들이 알아낸 영원의 행적을 듣고 싶지도 않았다. 타임라인을 확인하며 억울하다고 하소연하고 싶지도 않았다. 스틸 라이프는 죽음을 결정할 순 있어도 삶을 결정할 수는 없는 곳이었다.

문을 열자 부장이 한숨을 내쉬었다.

"너 죽은 줄 알았다."

미래의 시선에 부장의 손에 들린 주스 상자에 다다랐다.

"죽은 사람 찾아온 것치고는 선물이 좀 소박하네요."

"소박하긴 뭐가 소박해. 내 용돈에 큰 인심 쓴 거야. 너 이 것만 마셨잖아. 난 너 이렇게 부자인 줄 몰랐다."

부장은 너스레를 떨며 덧붙였다.

"다행히 폐인 같진 않네. 서우도 같이 오려고 했는데, 리뉴얼 때문에 꼼짝달싹 못 하는 처지야. 어찌나 자기 안부 전하는 걸 잊지 말라고 하는지, 귀 아파 죽는 줄 알았다."

그러다 문득 부장은 아차 하는 얼굴을 했다.

"그 정도로 울진 않으니까 유난 떨지 말아 주실래요?"

미래는 부장이 사 온 주스 하나를 꺼내 건네며 말했다.

"대접할 게 딱히 없네요. 이참에 비싼 음료 한번 드시고 가세요."

"손님 대접이 기가 막히네. 난 너 이렇게 버릇없는 거 마음에 들었다."

웃음이 나왔다. 한바탕 쓸데없는 이야기를 하고 나자 어색함이 몰려왔다. 집을 찾아올 정도로 친한 사이였던가.

"무슨 일로 오신 거예요?"

"무슨 일로 오긴. 똑똑하면서 머리가 빨리 안 돌아가?"

"회사에서 저한테 손해배상 소송이라도 하겠대요?"

"네가 손해를 끼친 게 있어야 소송을 걸지. 뭘로 소송 걸게."

부장은 아무 일도 없었다는 듯 모르쇠였다.

"그럼 왜 오신 건데요."

"다시 와. 새로 온 애가 영 별로야. 검사 하나 하는데 뻑하면 뻑 걸렸다 하고, 요란을 얼마나 떠는지, 영 안 맞아."

생각지 못한 일이었다.

세상이 이렇게 다시 제자리로 돌아가도 되는 걸까. 정말 아무 일도 없었다는 듯 태연한 표정을 지으면 되는 건가.

미래는 고개를 저었다.

"싫어요. 이번에 알았는데 백수가 적성에 딱 맞아요."

"평생 백수로 지낼 만큼 돈도 없어 보이는구만 뭐. 나 몰래 코인이라도 했어?"

"걱정해 주시는 건 고마운데, 정말 저 안 가요."

"왜."

부장은 너스레를 멈추고 사뭇 진지한 표정으로 물었다.

"그냥 좀 지겨워요. 맨날 죽는 것만 쳐다보는 거."

"네가 언제 죽는 것만 봤다고 그래. 이상한 글자나 들여다보고 있으면서."

"그 글자들이요. 그냥 지워 버리면 그만일 그 글자들이 이상하게 살아 움직이는 것처럼 보이기 시작했거든요. 애초에 좋은 마음으로 간 것도 아니었어요. 아시잖아요. 저희 엄마 아빠 때문에 갔던 거."

"……."

"저도 그냥 죽을 때 되면 죽는 거 생각하려고요."

"진짜 안 올 거야?"

미래는 고개를 끄덕였다.

"여기까지 와 주신 건 진짜 감사해요."

"그 동생은…… 잘 간 거지?"

한마디라도 더 하면 눈물이 나올 것 같았지만 부장은 더는 말하지 않았다. 선물한 주스를 마시고 싶지 않으니 빨리 돌아가겠다는 말을 하고 자리에서 일어났다.

"언제든지 필요할 때 와. 티브이 보면서 욕하고 싶을 때도 오고."

아마도 부장을 다시 만날 일은 없을 터였다. 어느 날 갑자기 누가 나타나고 누가 사라지는지 알 수 없는 게 인생이라 해도 당분간은 그런 생각조차 하고 싶지 않았다. 살아 있어도 만날 수 없는 사람들이 있다. 죽은 이들 역시 그저 못 볼 뿐이라고, 지금 상황이 여의치 않을 뿐이라고, 미래는 처음으로 그렇게 현실과는 조금 다른 생각을 하기로 했다.

소파에 앉아 집을 둘러보던 중 식탁 위에 놓인 약봉지가 눈에 들어왔다. 이제 그만 이사를 가야겠다는 생각이 들었다. 집을 정리하고 혼자 지낼 만한 곳으로 가야겠다는 생각이.

그때 휴대폰이 울렸다.

- 오늘 드레스 투어 까먹으면 죽는다.

지윤의 문자였다.

깜박 잊고 있었다. 약속 시간이 1시간도 남지 않았다. 미래는 서둘러 일어났다.
 다시 평범한 날이었다.

추천의 말

미래가 꿈꾸던 영원, 영원이 바라던 미래

우숙영(인공지능 미디어아티스트, 작가)

"내 동의가 필요한 거야?"
"사랑이 필요한 거야."

가족이 안락사를 원하면 어떻게 해야 할까? 그의 의사를 존중해야 할까? 아니면 그의 마음을 바꾸기 위해 노력해야 할까? 누구도 쉽게 답할 수 없는 질문의 한복판으로 읽는 이의 손을 붙들고 단숨에 뛰어드는 소설이 있다. 이서현 작가의 『안락한 삶』이다. 물론 이전에도 안락사를 다룬 소설은 있었다. 사고로 전신 마비가 된 젊은 사업가와 간병인의 이야기를 다룬 조조 모예스(Jojo Moyes)의 『미 비포 유(Me before you)』(2012)가 있고, 은모든 작가의 『안락』(2018)과 『룸 넥스트 도어(The room next door)』의 원작으로 유명해진 시그리드 누네즈(Sugrid Nunez)의 『어떻게 지내요?(What are you going through?)』(2020)가 있다. 하지만 이서현 작가의 『안락한 삶』은 기존 작품들이 던졌던 질문에서 성큼 더 앞으로 나아간다. '인공지능(AI)'과 '미성년자의 자기 결정권'이라는 두 개의 선을 '제도화된 안락사'라는 선과 교차시키며 아직 발생하지 않았지만, 충분히 발생할 수 있는 미래의 질문을 현재로 끌고 온다.

소설의 배경은 안락사가 제도화된 가까운 미래 한국. 하지만 모든 안락사 신청이 받아들여지진 않는다. 안락사가 악용될 수 있다는 우려에 방지책이 마련되어 있기 때문이다. 안락사를 원하는 사람들은 가족의 동의 혹은 '스틸 라이프'의 허가를 받아야 한다. 스틸 라이프는 안락사 허가 가능성을 도출하는 인공지능 프로그램으로, 안락사를 원하는 사람들은 스틸 라이프에 자료를 제출한다. 안락사 가능 여부를 판단하기 위해 사람들이 입력해야 하는 데이터는 다양하다.

국가에서 지정한 다섯 곳의 병원 중 세 곳에서 진단서를 받아 입력해야 하고, 나이, 성별 같은 기본 정보는 물론, 가족관계 증명서, 소득·재산 신고서까지 넣어야 한다. 스틸 라이프는 이를 토대로 안락사 허가 가능성을 도출하고, 80퍼센트가 넘는 이에게만 안락사가 허가된다. 사람들은 스틸 라이프가 판단을 내리는 정확한 알고리즘은 알지 못하지만, 테스트가 객관적인 자료에 근거한다고 믿는다. "감정 따위 존재하지 않는 AI가 뭘 알겠냐."고, "사람의 죽음은 이성만으로 판단할 수 없는 거라고." 항의하는 사람은 있어도, 시스템이 도출해 낸 결괏값을 의심하는 사람은 없다. 이 지점에서 이서현 작가는 기존에 안락사가 논의되는 과정에서는 존재하지 않았던 새로운 질문을 던진다. '인공지능 시스템이 인간의 삶과 죽음에 개입해도 되는가?'라는 질문이다. 이 질문은 '삶과 죽음의 권한이 누구에게 있는가?'를 묻는 말이기도 하다. '인공지능 시스템이 인간의 기대대로 객관적으로 작동하는가?'라는 질문은 덤이다. 작가는 소설의 두 주인공, '미래'와 '영원'을 통해 이 질문들에 대한 답을 더듬어 나간다.

생일 한 달 전에 부모님의 동반 안락사 결정을 통보받은 '미래'에게 '삶'은 이해할 수 없는 그 무엇이다. 부모님이 같은 시기에 서로 다른 불치병에 걸린 것도, 1년 동안 같은 집에 살면서 부모님의 병을 눈치채지 못한 것도, 스틸 라이프에서 부모님이 나란히 90퍼센트의 안락사 허가 가능성을 받은 것도, 자신이 부모님의 죽음을 결정하는 과정에서 배제된 것도 미래는 모두 이해할 수 없다. 시행 날짜만큼은 미래가 원하는 날로 하겠다는 부모님의 제안에 자신의 생일로 하겠다는 말로 어떻게든 부모님의 마음을 바꾸려고 했지만, 부모님은 기어이 딸의 생일에 죽음을 맞이하는 "기이한 운명"을 완성했다. 그런 이유에서 미래가 6개월간의 은둔 끝에 스틸 라이프에 프로그래머로 입사한 것은 어쩌면 당연한 결과다. 인간은 자신이 이해할 수 없는 것을 끌어안고 살아갈 수 없는 존재이므로. 하지만 스틸 라이프에 입사한 후에도 미래는 자신의 동의가 아닌 스틸 라이프의 결정에 의지해 죽음을 선택한 부모님의 결정을 이해할 수 없었다. 기술은 그 무엇도 답해 주지 않았다.

또 다른 주인공인 '영원'에게 '죽음'은 투쟁해야 할 그 무엇이다. 전 세계에 0.2퍼센트만 앓고 있다는, 발병 후 3년 이상 살아남은 사람이 없다는 희귀병에 걸렸지만, 스틸 라이프는 영원에게 죽음을 허락하지 않았다. 13번의 테스트에도 안락사 허가 가능성은 균일하게 7퍼센트를 찍어 낼 뿐이었다. 32군데의 변호사 사무실을 찾아가 방법을 물었지만, 모두 성인이 되는 만 18세가 되면 결괏값이 바뀔 수도 있으니 기다려 보라는 말만 반복했다. 그때가 되면 결과가 다르게 나올지도 모른다고 말했다. 성인이 되는 18세까지 남은 시간은 1년 2개월. 하지만 영원은 더는 기다리고 싶지 않았다. 내일 당장 죽는다고 해도 싸우다 죽는 편이 나았다. 기술이 자신의 미래를 결정하게 놔둘 수 없었다.

왜 스틸 라이프는 영원에게 안락사를 허가할 확률로 13번 모두 7퍼센트만을 제시했을까? 7퍼센트의 비밀은 영원이 미성년자라는 데 있다. 스틸 라이프에서 7퍼센트의 확률이 나올 경우는 딱 하나다. 만 18세 이하. "미성년자만 아니라면 안락사 허가 확률 80퍼센트, 90퍼센트, 99퍼센트가 나올 이들도 7퍼센트의 결과지를 받아야 했다." 사람들은 스틸 라이프가 객관적인 데이터에 의해서만 판단 내린다고 믿었지만, 스틸 라이프에도 인간의 가치와 윤리적 판단이 반영되어 있었던 셈이다. 미성년자에게는 안락사를 허가할 수 없다는 판단이다. 사실 깊이 생각해 보면 인공지능 시스템에는 인간의 가치와 윤리적 판단이 포함될 수밖에 없다. 인공지능 학습을 위해 입력된 데이터 안에 이미 인간이 부여한 가치와 윤리적 판단이 포함되어 있기 때문이다. 인공지능이 해결해야 할 목표 설정과 품질 척도도 인간에 의해 결정된다. 현실 세계에서 합의되지 않고 해결되지 않는 윤리와 가치의 문제는, 인공지능 기술을 활용해도 합의되지 않고 해결되지 않는다.

그렇다면 '삶과 죽음의 권한은 누구에게 있는가?' 작가는 이 질문에 대한 답을 미래와 영원의 만남을 통해 답한다. 부모님의 동반 안락사 이후 세상에서 그 이상으로 놀라운 일은 없을 것으로 생각하며 살아가던 미래 앞에 정자은행을 통해 태어난 이복동생 영원이 나타난다. 게다가 영원의 변호사는 치명적인 희귀병으로 죽음을 희망하는 영원을 가족으로 받아들이고 안락사에 동의해 주기를 요청한다. 갑작스러운 이복동생의 출현도, 미성년자인 영원의 안락사에 동의하는 일도, 부모님의 동반 안락사로 깊은 상실을 겪고 있던 미래에게는 재난이나 다름없다. 재난의 원인이 된 영원의 마음도 편하진 않다. 영원은 어리다는 이유로 누군가에 짐이 되고 싶지 않다. 영원은 고통에 물든 자신의 삶을 주체적으로 마무리하길 원했지만, 그 과정에서 누군가가 상처 입거나 곤란해지는 것은 원치 않았다. 그것이 얼굴만 알고 있던 언니라 해도 그랬다.

이 지점에서 『안락한 삶』은 또 다른 질문을 만난다. '가족이란 무엇일까?'라는 질문이다. 가족임을 결정하는 요인은 무엇일까? 생물학적 유전자의 공유일까? 사회적·법적 인정일까? 법은 유전자 검사를 통해 미래를 영원의 가족이자 보호자로 명명했다. 하지만 미래와 영원이 서로를 가족으로 받아들인 것은 유전자의 공유라는 생물학적 이유 때문이 아니었다. 짧지만 함께 보낸 시간 때문이었다. 같은 음식을 먹고, 같은 공간에서 숨을 쉬고, 서로의 숨소리를 확인하다 서로의 얼굴과 행동에서 닮음과 다름을 발견한 사이는 남으로 돌아갈 수 없다.

미래가 영원과 함께한 시간을 통해 발견한 것은 그것만이 아니었다. 영원과 함께 시간을 보내는 일은 죽음을 향해 가는 이의 육체를 마주하는 일이었다. 자신의 "동의한다."라는 말 한마디에 이 세상에서 사라질 수도 있는 생명의 무게를 발견하는 일이었다. 동시에 자신의 미래를 스스로 결정하고 싶다는 한 인간의 의지를 가까이서 목격하는 일이었다. 그 과정에서 미래는 지난 3년 동안 스틸 라이프에서 일하면서도 이해하지 못했던 부모님을 이해하게 된다. 자신을 보호자로 지정하지 않은 부모님의 행동이 자신에게 죽음의 무게를 지게 하지 않으려는 결정이었다는 사실을, 평소와 다름없이 저녁으로 무엇을 먹을지 물으며 자신의 곁을 떠났던 부모님의 마음을.

'삶과 죽음의 권한은 누구에게 있을까?'
어쩌면 그 질문과 답은 오래전에 이미 묻고 답해졌는지도 모른다.

"내 동의가 필요한 거야?"
"사랑이 필요한 거야."

작가의 말

여전히 소설을 쓰는 게 어렵다.

소설은 소설일 뿐, 현실과는 다르다고. 소설의 모든 문장이 내 생각을 대변하는 건 아니라고, 그저 그 상황에 있음 직한 말들을 할 뿐이라고 하면서도 한없이 조심스럽다. 누군가에게 상처가 되지 않을까. 혹시나 내 마음을 오해하진 않을까. 그런 면에서 이 소설은 특히나 어렵게 썼다.

그래서일까.

작가의 말을 쓰는 것 역시 조심스럽고 어렵게 느껴진다.

이 소설을 쓰고 있다고 말했을 때, 모두가 내게 똑같은 질문을 던졌다.

그래서, 찬성이야 반대야?

그럴 때마다 나 역시 똑같은 대답을 했다.

끝까지 써 봐야 알 것 같아.

그리고 소설을 끝낸 지금, 여전히 나는 답을 할 수가 없다.

소설을 퇴고하던 중, 막내 외삼촌이 위독하다는 소식을 들었다. 작가의 말을 쓰고 있는 지금 막내 외삼촌을 떠나보낸 지 2주일이 지났다. 그리고 여전히 나는 이 사실이 믿기지 않는다. 현실이 소설 같고, 소설이 현실 같다. 모든 게 갑작스러웠다. 짧은 시간에 내 속에서 너무 많은 감정이 휘몰아쳤고, 동시에 아무 일이 없었던 것처럼 일상을 보내고 있다. 그 몇 주간의 시간을 아직은 온전히 풀어낼 자신이 없다. 그땐 기적을 바랐고, 지금은 평안을 바란다. 떠난 이에게도 남은 이에게도 평안이 깃들기를.

첫 책이 나왔을 때, 막내 외삼촌은 자신이 운영하는 식당에 플래카드도 걸고 사진도 대문짝만 하게 뽑아서 사인회를 하자고 했다. 농담이라는 걸 알면서도 누가 오겠냐며 질색했었다. 화들짝 놀라 손사래를 치는 반응에 흡족한 듯 깔깔 웃던 삼촌의 모습이 떠오른다. 힘들어하는 엄마에게 좋은 것만 기억하자고 했다. 그러고 보면 내게는 좋은 기억만 남겨 준 삼촌이었다. 만날 때마다 장난을 걸어오던 삼촌이 좋았다. 가끔이었지만 볼 때마다 웃을 수 있었다. 아직은 삼촌을 떠올리면 눈물이 나오지만 시간이 지나면 웃으면서 이야기할 수 있을 것이다. 이 지면을 빌려 삼촌과의 추억을 남겨 두고자 한다.

아픈 이야기를 쓰고 말았지만 너무 아프지 않은 이야기였으면 한다.

지금도 어디선가 자신의 삶을 위해 고군분투하는 모든 이들에게 위로와 응원의 말을 건넨다.

2025년 여름

이서현

안락한 삶

초판 1쇄 인쇄 2025년 7월 28일
초판 1쇄 발행 2025년 8월 6일

지은이 이서현
책임편집 정소영 | **편집** 김은혜 김혜원
주간 김종숙 | **기획실** 정진우 정재우
디자인 강희철 | **표지 디자인** 상록 | **표지 일러스트** 권서영
마케팅 홍보 고다희 | **디지털콘텐츠** 구지영
제작 관리 윤준수 고은정 김선애 | **제작처** 영신사

펴낸곳 도서출판 열림원 | **펴낸이** 정중모
출판등록 1980년 5월 19일(제406-2000-000204호)
주소 경기도 파주시 회동길 152
전화 031-955-0700 | **팩스** 031-955-0661
홈페이지 www.yolimwon.com | **이메일** editor@yolimwon.com
페이스북 /yolimwon | **트위터** @yolimwon | **인스타그램** @yolimwon

ⓒ이서현, 2025

ISBN 979-11-7040-350-0 03810

- 저자와 출판사의 서면 허락 없이 내용의 일부를 무단 도용하거나 발췌하는 것을 금합니다.
- 책값은 뒤표지에 있습니다. 잘못된 책은 구입하신 곳에서 교환해 드립니다.